Grandir

SOPHIE FONTANEL

Grandir

ROMAN

Édition revue et augmentée par l'auteur.

Pour Vincent et Ludovic

Ces temps-ci, quand je pense à ce que j'essaie de sauver, je ressens un tel besoin d'aide que ça me fait trembler. Aider quelqu'un, je le sais maintenant, c'est avoir aussitôt soi-même besoin de secours. Et ces jours, je bois toute sympathie comme un buvard, et la moindre bonté me fait l'effet de l'amour. Jamais je n'ai eu autant la conscience des autres, moi qui ai fondé ma vie sur la liberté. J'ai depuis peu des idées nouvelles, par exemple sur ce que ça veut dire « être présent ». Je pense sans cesse qu'un jour moi aussi je serai âgée, moi aussi je passerai un cap et je devrai m'en remettre à la bienveillance d'autrui. Lorsque ce jour viendra, qui dans ce monde pourra faire pour moi ce que je fais pour ma mère ? Qui sera présent ? Qui me soutiendra quand, à mon tour, je serai une personne vulnérable ? Et est-ce que je me tuerai un jour, pour cause de ce manque d'amour très particulier qui est le manque d'aide ?

Je la regarde, cette mère épuisée de quatre-vingt-six ans, après que je l'ai couverte d'affection, de jonquilles pour sa maison, de soins, de paroles réconfortantes, d'une nouvelle robe, d'une galette des Rois, de bonbons au gingembre, de plaisanteries sur le cours des choses, de récits enjolivés de mon quotidien, de foi certaine dans le fait qu'à notre époque les gens vivent si longtemps qu'on ne peut plus dire, et qu'au bout du compte on ne peut plus donner aucune norme, je lui affirme qu'elle a meilleure mine, je la regarde, oui, et devant son insouciance retrouvée, la blague qu'elle a de nouveau la malice de faire, je me dis : « Encore un effort, et elle ne mourra pas. »

L'immortalité, qu'est-ce que c'est ? L'immortalité, elle m'explique, c'est quand tu es devant un film plein de vie, avec le happy end, avec les belles couleurs du Cinémascope si modernes, les safrans, les vermillons, le turquoise, et puis tu prends conscience que tous les acteurs sont morts. Ce qu'elle sait et que je ne sais pas. Elle m'attend là, dans sa compétence nouvelle, tel un clément joueur d'échecs malheureusement sûr de son coup. « La réalité », elle a l'air de dire. Mais moi je me bats, moi je lui suggère que l'immortalité est mieux qu'elle ne le pense, que c'est ce qui reste de l'amour une fois que la personne est loin. J'ajoute : « Hein, qu'en dis-tu de ma théorie ? » Je la provoque de ma tendresse illimitée. Elle se concentre. Il faut que ça arrive jusqu'à son cerveau, une contrée, pour quelque temps, où les distances d'un point à un autre sont considérables. Ça prend une ou deux secondes et son visage s'éclaire. Elle hoche la tête, elle est d'accord. Elle approuve tant et si bien, ma mère, que cette tête elle la penche sur le côté, elle le faisait jadis pour contempler un travail accompli, un sapin décoré, un bâti sur une jupe, ces réalisations dont on peut retirer une fierté. « C'est pas faux ce que tu dis », elle rêvasse. Je me sens si fière, si capable, à cet instant.

D'autres fois je me trompe, je tombe à côté, aussi fatalement qu'elle, parfois, tombe par terre, pas loin du fauteuil, mais pas dessus hélas. On ne peut plus l'abuser, ma mère. C'est sa dernière souveraineté, elle, une femme dont le magistère fut impressionnant, de désormais nous tester sur la question de la vie et de la mort pour estimer si nous sommes à la hauteur de la connaissance plus approfondie qu'elle en a aujourd'hui. Pour voir ce que nous pourrions apporter de plus, par hasard. Une trouvaille la tirerait du naufrage.

Pour la personne qui entre dans la pièce et la découvre, elle est d'abord un sourire. Les cheveux courts, abondants, souples, fins et blancs, volettent autour d'un visage devenu la lumière même. Jeune, elle avait les cheveux châtains, elle se rêvait blonde et le teint pâle, française. Aujourd'hui, mieux que blonde, nacrée, un de ces coquillages que les enfants vous rapportent parce que ce sont les plus beaux, les plus blancs. La peau immaculée dont aucune des nombreuses taches ne parvient à ternir l'éclat, adoucie par des rides uniquement là pour permettre le sourire, rides utiles et non pas fatalité sordide d'une source tarie, elle est au sommet de sa grâce. Cette idée que l'âge enlaidit les femmes, est-ce que ce n'est pas un des plus gros mensonges qui se puisse énoncer ?

Elle sourit. Et ce sourire, je le connais. C'est celui de ses parents, celui où, Arméniens, étrangers en France, ils plaçaient leur noblesse. Celui par lequel ils disaient : « Nous avons accès à la splendeur du monde. » Celui de la personne honnête qui supposera toujours la bonté des hommes. Sourire aussi qui dit : « Ne me faites pas mal », « Je ne vous veux pas de mal », « Même si j'ai mal, j'essaie de vous faire honneur ». Sourire enraciné chez les miens tel un gène. Sourire de la personne folle d'élégance, si l'élégance est bien ce que j'imagine : un accueil fait à autrui.

Petite, lorsque j'étais contrariée, ma mère me disait : « Fais-moi un sourire. » Moi je ne le voulais pas, oh mon Dieu de chaque morceau de ma colère, de chaque morceau de mon ambiguïté et de mon chagrin je ne le voulais pas, je ne le voulais pas. Mais que faire, face à la demande de ma mère ? Elle se penchait vers moi si jeune enfant, elle m'implorait au point que je me sentais une divinité, investie du pouvoir d'abord de la mécontenter et, juste après, surgi de derrière mes élans de destruction, du plaisir enfin de s'ouvrir.

Autour de moi, elles sont nombreuses, celles plus jeunes dont la mère, par ricochet, est vaillante, travaille, tombe amoureuse et étend son autorité. Elles sont à l'âge où une mère est une personne zélée dont il faut se défaire. Râleries des amies, je les écoute le cœur affectueux. Les insistances exaspérantes de leur mère, ces questions dont les mères ont le secret, elles vous font sortir de vos gonds, ces réflexions sur une façon de s'habiller, de se coiffer, le regard des mères sur les hommes, leur ressentiment à l'égard d'un père ou bien l'image neutre et désenchantée qu'elles en donnent, les obligations décourageantes qu'une mère vous colle en devoir, déjeuners de famille, rappels d'anniversaire, gens à qui téléphoner, corvées qu'une fille oublie d'autant plus aisément qu'elle s'en fout. Le boulet qu'est une mère. Un boulet qu'on se traîne. De même que moi j'ai traîné mon boulet, pendant des années. Je pensais que ma mère m'empêchait de vivre, qu'elle ne me laissait pas partir, que c'était sa faute mes échecs et la victoire de moi seule mes dépassements, mon écriture, mon imagination. Mon existence.

En vérité, j'avais été liée à elle au point, enfant et adolescente, d'en faire ma meilleure amie. Plus jamais, après ma mère, je n'ai eu de « meilleure amie ». Si fort a été mon lien, aussi forte a été ma révolte. Vers dix-huit ans, je n'étais que griefs envers

13

cette mère qui, de sa vie, n'a jamais menti, mais qui taisait trop les compliments, ces « Tu es belle » qu'une fille a besoin d'entendre. J'ai dû recenser seule mes atouts. Mon corps, c'est ce que j'avais de mieux. Pas de chance, elle ne parlait jamais du corps. Je supposais qu'elle ne comprenait rien aux sens. J'ai pensé qu'elle ne connaissait rien à l'amour. Je l'ai jugée pour ça. Elle n'avait su aimer que ses enfants. Et puis j'ai cru qu'elle préférait mon frère. Lui, elle le trouvait sublime. « La peau de ton frère est un abricot. » Et puis moi, ma peau ? Un jour, nous avons été deux à la juger : mon frère s'y est mis, lui aussi. Il a estimé que c'était moi qu'elle préférait puisque, moi, elle me savait intelligente. Et cette mère qui se voulait équitable et franche a eu ses deux enfants contre elle, en somme.

La révolte, qu'est-ce qu'il en reste ? Oh je l'aime tellement cette petite femme qui ne veut pas disparaître. La guerre, ce n'est plus contre elle. C'est la guerre main dans la main avec elle contre l'ennemi immense. Le temps nous prend en otage. Il va tuer une personne par heure.

Mes neveux viennent la saluer, ils se décochent des coups d'épaule en avançant vers elle. Ils me font l'effet de deux petits lamas rendus légitimement nerveux et querelleurs devant le danger, sur le flanc abrupt de la montagne. Abrupt, eh oui, et ils s'en rendent compte. Face à ma mère, ils voient de leurs yeux comment le temps nous trafique. Comment il n'y a pas de sabre magique. Comment le Seigneur des Anneaux lui-même s'arrête aux portes de ce palais. Et aussi, au passage, comment l'autorité des grandes personnes finit par être malmenée. Chaque fois que mon frère fait une remontrance à sa mère, il les choque. Elle, elle s'en moque, elle dit : « Mes chéris... » en ouvrant les bras. Ils l'embrassent et reculent aussitôt, ricanent de respect et de gêne. Ils sont les premiers embêtés qu'elle soit vieille. Fascinés qu'elle soit sacrée, malgré les sermons qu'elle reçoit de la part de tous. On vient de lui reprocher de ne pas boire assez d'eau. On la traite en bébé. Elle, elle dit à nouveau à ses petits-enfants : « Mes chéris... » Et c'est tout. Elle en a fini avec les mots. À partir de là, elle se contente de les contempler, de même qu'elle nous contemple tous, ces temps-ci.

Le plus petit pose des questions. Il a onze ans. Il brave le mystère de cette femme pour demander si une couverture supplémentaire lui serait nécessaire, si son coussin est bien mis, si du sirop dans son eau lui plaisait, ou bien il propose d'emblée le Pastis qu'elle lui a appris à doser. Il excelle à deviner, à apprendre et à retenir. Le plus âgé, treize ans, joue le distrait. Il se met de profil au point, bouleversant adolescent, d'en être presque de dos, pour éviter l'insupportable, à savoir être admiré. Peut-être à cause des bienfaits qu'il en retirerait. Elle veut toucher sa peau. Il ne sait pas comment réagir. Il n'ose pas refuser. Il relève la manche de son pull. Il tend un bras indécis sur lequel elle passe une main, elle, précautionneuse.

Comme mes neveux, moi aussi je suis la sollicitude et la peur, devant l'amour.

Première chute de ma mère, il y a quatre ans. À l'époque, ah la débutante que j'étais, je croyais encore qu'on pouvait aider sans se vouer. Une mère à terre, je pensais qu'il suffisait de la soulever (à deux, avec la gardienne de l'immeuble), de la remettre dans son lit pour que ça se tasse. Que le rétablissement se goupille de lui-même. Eh bien, j'ai appris. Dans son lit, avec deux fractures et des ligaments déchirés, ma mère se laissait mourir. Elle refusait que j'appelle une ambulance. Refusait le médecin. Refusait les soins. Refusait la nourriture. Refusait l'eau comme s'il se fût agi d'un breuvage où l'on aurait glissé des gouttes susceptibles de tuer sa résistance. Une porte blindée, ma mère. Refusait bien sûr de sourire, et quelle naïveté aussi j'avais de le lui demander dans une pareille détresse.

Je la quittais. Dès l'ascenseur je sanglotais d'inaptitude.

Je me souviens de la nuit que j'ai passée sans dormir, chez moi, à me dire que je ne pourrais pas. Pourrais pas quoi ? L'aider ? La soigner ? Non. Pourrais pas quoi ? Qu'est-ce qui me paraissait ainsi le bout du monde ?

Pourrais pas lui donner, voilà. D'une mère, on veut recevoir.

Vers l'aurore, j'avais quitté le conditionnel. C'était devenu « pourrai pas ». Y avait quand même un futur. Et ce futur commençait déjà d'être du concret. À 8 heures du matin, ça y est, j'avais accepté. Je me levai, je filai chez ma mère, je m'assis sur une chaise près du lit : « Maman, je lui disais pour la première fois depuis l'enfance : je t'aime. Tu es ma vie. Et comment, si je t'aime, toi qui es ma vie, je pourrais te laisser là dans ce lit, à l'abandon ? Je ne le pourrais pas. Écoute, je veux que tu me donnes l'autorisation d'appeler le docteur, qui appellera l'ambulance, et tu seras dans un hôpital mais tu seras soignée, et je t'aime. Et je te donnerai du courage, je le pourrai. Tu veux bien ? »

La seconde inoubliable où je fus suspendue à sa réponse.

« Oui à tout », elle avait annoncé. Et plus tard, dans l'ambulance, le sublime sourire retrouvé malgré les souffrances qu'elle endurait : « Sophie, tu me surprends. »

Grandir, c'est bien après la croissance, on dirait.

Elle m'a demandé ce que je pensais de l'existence de Dieu. J'ai répondu un propos vague, propos que j'estimais subtile manipulation inaugurant la discussion sur le fait qu'après tout on ne sait pas, sur les puissances peut-être en jeu. Bref, je me suis décarcassée avec ces lapins qu'on sort de son chapeau pour soutenir celui qui, avant l'épilogue, s'essaie à Dieu. Elle qui me connaît par cœur, elle a demandé, un rien étonnée par mon brusque ésotérisme : « Tu ne vas pas me dire que tu pries ? » J'ai répondu, la main sur le cœur : « Quand on écrit, on prie. »

Elle, elle m'a jeté un de ces regards qu'elle réserve habituellement à la couleur noire, couleur qu'elle a en horreur. Elle a dit : « Ouh là... ne prie pas pour moi, hein ? » J'ai demandé pourquoi. Elle a dit : « Ne va pas me faire repérer. » Et j'ai compris que, toujours otage terrorisée de la fatalité, ces temps-ci elle se cache au fond du wagon pour ne pas être prise.

Pendant une période, le soir, elle qui donc n'aime pas le noir a pris le goût d'y rester un peu, à la tombée de la nuit. Elle n'allumait pas. Elle a fini par m'avouer, la tête tournée sur le côté vers le mur puisque c'est désormais son unique fuite possible, que Dieu voyait peut-être moins bien les retardataires dans la pénombre. « Et durant la journée ? » j'ai demandé, pour lui faire estimer l'absurde de son

19

raisonnement. Sa réponse : « La journée, Dieu a trop à voir, les paysages et les gens qui s'agitent, pourquoi me remarquerait-il, moi, si petite, qui ai tellement rétréci. » A ajouté avec espoir : « J'ai rétréci, tu trouves pas ? »

Depuis quelque temps, ça a évolué. Un beau soir, elle a conçu qu'elle était une étoile. Ainsi que n'importe quelle étoile, elle brille. Son étoile, c'est, m'explique-t-elle, bien après la perte de sa jeunesse, une trace vivace qui continue de briller appartenant à cette jeunesse. Dans ce cas, il vaut mieux allumer la lumière le soir venu. Car sinon, en tant qu'étoile, c'est bien entendu dans le noir qu'on se fait repérer.

Chaque jour, cette femme qui perd la mémoire gagne en implacable lucidité.

Vieux, ils n'aiment pas Noël. D'abord, ils ne se sentent pas la force de se raccorder à la liesse des vigoureux. Ça les déprime. Ensuite, ils ne peuvent pas sortir pour faire les boutiques, et la mascarade des cadeaux saute à leurs yeux d'experts. Toi, l'adulte autonome, c'est peut-être une corvée pour toi les rubans que l'on frise, tes énergies de dernière minute dans la boutique ouverte en nocturne le 23 décembre exprès pour ton laxisme. Ton manque d'entrain n'est rien toutefois, au regard du bourdon qui étreint le vieillard, fin décembre.

Une année, trois chutes de ma mère rien qu'en une semaine, quelques jours avant Noël. Une fois, elle glisse du lit. Elle reste par terre deux heures, espérant un coup de fil. À cet instant, elle n'arrive plus à se souvenir de nos numéros de téléphone, ni même du maniement du téléphone, de comment marchent ces machines. J'appelle et j'entends un filet de voix qui me dit : « Ben moi, je suis juste par terre. » Je me précipite. Elle est couchée dans le noir, près de son lit, la tête sur le parquet. Moi debout, elle étendue. Je m'accroupis. « Faut pas en faire toute une histoire », elle me dit. Elle minimise, ne veut pas foutre les fêtes en l'air, ne veut pas aller à l'hôpital la semaine où le monde est heureux, elle ne veut pas nous priver du temps de Noël dédié aux enfants. « J'ai mal nulle part », elle prévient. Elle se crispe pourtant quand je tends les bras vers elle. Je dois me coucher auprès d'elle, sur le parquet, me solidariser avec sa position, voir et lui montrer comment je fais, moi, à sa place, comment je roule d'abord sur le côté, puis me mets à quatre pattes, puis à quatre pattes me mets accroupie, puis accroupie, me tenant au rebord du lit, par mes propres moyens je me relève, et je suis debout sans heurts.

Mais l'effort rien que pour se tourner sur le sol, elle ne peut pas le fournir. Au bout du compte, elle accepte que je la porte.

Le lendemain, elle glisse de nouveau. Cette fois, des mains de Maria, la gardienne de l'immeuble, montée l'aider à faire sa toilette. Maria ne peut retenir le corps plein de savon. Et le surlendemain, ça recommence. Elle glisse de son fauteuil.

Pour bénins qu'ils paraissent, ces glissements sont connus des médecins. Ils sont de mauvais augure. J'en veux pour preuve qu'après avoir compté ses chutes sur trois doigts hésitants, ma mère décide de ne plus prendre aucun risque, même pas celui de vivre. Elle entend rester au lit jusqu'à la fin des temps, dans un foutoir organique auquel elle ne voit plus aucun inconvénient.

Le désespoir de Maria. Rien n'avait préparé cette femme à lâcher un être humain. Car c'est bien à cela que nous pensions elle et moi, en transportant ma mère à grand-peine vers le lit recouvert d'une alèse. Comme je viens de le dire, ma mère elle-même s'imaginait mourir ainsi, d'ores et déjà, en glissant des mains des vivants. Se jouait une issue si sérieuse que ma mère en prenait une autorité inédite. « Il faut me laisser... il faut me laisser... », elle répétait, sans plus rien contempler que ce que voient les condamnés. Le médecin était arrivé, d'autant plus fringant qu'il venait d'investir dans un nouvel outil à atténuer les rides naissantes des jeunes femmes. C'était un type adorable, ivre d'avenir, chacun lutte pour réussir... « Comment lui en vouloir de choisir le bon côté des choses ? » avait dit ma mère. Il était contre l'inertie des vieilles personnes. Aussi improductif que moi devant celle de ma mère. Il ne pouvait pas convoquer une ambulance, par exemple, car on n'emmène pas aux urgences quelqu'un qui vieillit. Elle n'était pas malade. On en était à espérer une fracture, des faits, au lieu du drame ésotérique de cette lente descente. « Faudrait penser à la mettre dans une maison médicalisée », il avait fini par suggérer, entre deux coins de porte. Moi, je me souvenais des jours où on avait dû emmener ma mère à l'hôpital, l'arracher à son décor. Sur le brancard exigu où on la confinait, que deux hommes soulevaient, ce n'est pas moi qu'elle appelait du regard, c'était son appartement. Je ne voulais plus de ces situations. Je déçus le médecin en refusant les prospectus qu'il me tendait. Y était consignée la liste des maisons médicalisées de Paris. Il me serra la main et je sus que c'était l'adieu qu'on fait à une personne pour qui on ne peut plus rien.

Le docteur parti, il ne nous restait plus aucun espoir. Les sanglots de Maria dans la cuisine étaient un fado. Elle essayait qu'ils soient silencieux pour ne pas davantage effondrer ma mère. Je promis qu'on allait imaginer une solution. Je lui prédis de l'aide, beaucoup d'aide. En une semaine, j'embauchai deux autres personnes. Leur renfort se révéla précieux. À se demander par quelle inconsistance on avait pu se passer des autres. Je trouvai un médecin gériatre qui connaissait bien la question. On allait mieux, tous. Mais plus j'allégeais Maria si dévouée, plus je lui donnais du temps pour elle, pour aller à la piscine décontracter sa nuque, plus je l'autorisais à vivre des dimanches en oubliant ma mère, plus je lui garantissais que le nouvel aménagement était préférable à l'ancien, plus je me félicitais de ce que, en premier, ma mère allait mieux, eh bien plus je désespérais Maria. C'était comme si j'appuyais sur sa défaillance. On se sent si nigaud quand, ce qu'on ne peut plus faire, d'autres l'accomplissent avec éclat. Et je dus la raisonner, l'épauler et la prendre contre mon cœur. Lui dire et lui redire que ni elle ni moi n'étions toutes-puissantes.

Comme par transmission de pensée, en cette saison où ma mère se fige au lit, elle reçoit bien à
propos un courrier du cimetière. À peine je mets
un pied chez elle ce jour-là, « Je crois que j'ai reçu
une lettre anonyme », elle me prévient. Le courrier
est sur son édredon, entre le poste de radio et le
téléphone. Elle refuse de le toucher, me le désigne
du menton. Mais je vois que la lettre est décachetée
et que, sans doute, elle l'a lue. Il s'agit de la tombe
où reposent ses parents. On informe ma mère que
la concession, d'une part est arrivée à expiration, et
d'autre part est pleine. Je replie la lettre, la remets
dans l'enveloppe. Je prends mon temps. Il est donc
venu ce moment de demander à ma mère si ça la
tente d'être enterrée auprès de ses parents. Je lève
le front et je me lance : « Où aimerais-tu aller, plus
tard ? » J'explique la lettre. La concession des
parents, l'occasion de la renouveler, d'y faire de la
place. « C'est où ? » elle demande. « Au cimetière
parisien de Thiais », je réponds. Elle, grimace : « Où
ça ? » Moi : « Tu sais bien, à Thiais... à côté de
Paris. » Elle fronce les sourcils : « En banlieue ? »
Je reconnais que oui. « À Thiais, en banlieue... »,
elle répète, et elle laisse retomber sa nuque sur ses
oreillers, effondrée par son sort. Je fais valoir qu'être
à Thiais, c'est être auprès de ses parents. Son papa.
Sa maman. Mais tu parles. Elle dit : « Ce sera

sinistre. Ça ne va pas être amusant du tout. » Elle frotte son menton contre son épaule, son geste pour masquer sa gêne. C'est le silence. Moi, j'ai la lettre dans les mains, le papier sur la mort qui n'emploie pas ce mot. Je demande ce qu'on décide, alors ? Silence persistant de ma mère. Je me lance une nouvelle fois : « Est-ce que tu préférerais être avec Araxie ? » Araxie, c'était sa sœur, sa jeune sœur Araxie, si innovante, qui travaillait avec le grand sociologue Pierre Bourdieu. « Elle est pas à Thiais, Araxie, elle aussi ? » elle demande. La mémoire lui revient toujours quand on s'y attend le moins. J'admets que oui, Araxie aussi est en banlieue. Elle croise les bras et elle serre les poings sous ses aisselles : « J'irai pas », elle règle. Je demande ce qu'elle préférerait. Si elle avait le choix. Et à ce mot de « choix », mon indignité m'humilie. Elle fixe le plafond où elle fait désormais ses mystérieuses lectures. Je suis embêtée, la lettre à la main, la mort à l'esprit. J'attends que ma mère dicte sa volonté, et c'est : « Je voudrais un endroit neuf, pas un endroit tiré vers les morts et le passé. »

Il apparaît que le cimetière Montparnasse, où repose mon père, serait plus tentant. Il est proche du Select.

Le petit cimetière de Sainte-Maxime sur la Côte d'Azur. À cause de ma mère âgée, le gardien avait permis que nous allions en voiture jusqu'à la tombe. Je roulais au pas, et ma maman, avec un zeste d'intérêt bien involontaire, considérait l'environnement. Les croix et les dalles se dressaient de part et d'autre. Et les abeilles elles-mêmes y perdaient la raison, à tenter de butiner des fleurs artificielles. Ma mère, devant ce décor, avait les sourcils levés, outrés, ceux qu'on a pour dire : « Je rêve, ou là c'est aberrant, ce qu'on voit ? » Moi, devant ce cimetière rempli aussi de pots de géraniums, de plantes grasses aux fleurettes multicolores, je hasardai : « C'est mieux d'être là qu'ailleurs, tu trouves pas ? »

« T'en as d'autres, des phrases semblables ? » elle me répondit.

J'avais arrêté la voiture presque devant la tombe. On ne pouvait pas aller plus loin. L'allée, après, était trop étroite. Comme si on voulait passer le message que là-bas on allait seul. « Va voir, toi », elle avait ordonné. À la limite, elle ne voulait pas sortir, juste rester là et que je lui décrive. Moi, j'étais sortie. C'était le matin, des abeilles, donc, des papillons, des oiseaux, l'énergie de l'été, c'était plein de promesses inutiles. Je m'étais avancée, j'avais vu et lu le nom écrit sur la pierre, le nom de l'amie de ma mère. Et la pierre était comme un plomb sur mon cœur. Mon Dieu, que c'était important, un corps et un nom. « Alors ? » me demanda ma mère, de l'anxiété dans la voix. Et moi : « C'est là. » Et elle, ce mot magistral : « Montre. » Je m'étais tournée vers elle, elle regardait mes mains. En vain : on ne pouvait rien amener à elle. Là, c'était son amie, celle étonnamment belle, celle chic à crever, la French Riviera. L'amie qu'elle voyait chaque été, qui disait : « Nous, on mourra jamais. C'est assommant de mourir ! » Qui séduisait les jeunes garçons à quatre-vingts ans, uniquement par l'amusement mis dans chaque parcelle du quotidien. Qui disait « Nous, on est tordantes », fédérant sa bande autour d'elle, sa sœur plus jeune qu'elle, et son amie : ma mère. Liées par leur humour. À savoir qu'avec l'humour, un temps, on peut se croire immortel.

Là-haut sur la colline, les villas de Guerrevieille. L'irremplaçable amie avait vécu dans une de ces maisons pendant plus de vingt ans. Un domaine privé, où, privilégiés, on pouvait s'imaginer à l'abri des fatalités du commun des mortels. La terrasse de pierre dominait le golfe. Le commandant Cousteau nous faisait du thé. Les beaux hommes aux costumes couleur mastic, pieds nus. Maison vendue depuis son décès. Le chic ne protège donc de rien ?

J'avais exhorté une dernière fois ma mère à faire les trois pas nécessaires pour venir saluer son amie. Elle avait refusé net : « Non, moi, je reste pas. »

Le recueillement est un luxe de bien-portant.

L'air réjoui, depuis son lit elle m'accueille par ces mots : « Au fond, je ne suis pas malade. » Elle en a parlé à Maria, qui vient vers 9 h 30 lui faire son thé. Elle en a parlé à Leila, qui vient vers 11 heures la lever, la transférer vers la salle de bains et l'aider à faire sa toilette. Ensuite, elle en a reparlé à Maria qui revient le midi lui préparer son déjeuner. Ensuite, à Caroline, la kiné, qui la force à lever les pieds en cadence. Et encore de nouveau à Leila qui revient vers l'heure du goûter. Elle en a aussi parlé à un employé de la Sécurité sociale qui a appelé dans la journée. « Attends, maman... tu as dit que tu n'étais pas malade aux gens de la Sécurité sociale ? » Elle n'en revient pas que ça me tourmente. « Où est le mal ? plaide-t-elle, les paumes vers le plafond. C'est pas une bonne nouvelle, que je n'aie rien ? » J'explique que mon frère et moi nous nous battons pour qu'elle soit complètement prise en charge par la Sécurité sociale, auprès de laquelle nous faisons valoir l'étendue de sa dépendance, aussi bien physique que psychique. Moi d'ordinaire plutôt dans la métaphore avec elle, voici que j'appelle un chat un chat parce que là, pauvre mentalité du vivant, il est question d'argent.

Une autre fois, une autre bêtise : elle s'envoie un Pastis à 7 heures du matin, pour déjouer l'enquiquinement du réveil. Il était là posé sur son plateau de lit roulant, elle avait oublié de le boire la veille. On la lève et elle tombe. Éméchée.

Une autre fois, elle donne trois fois des étrennes à la même personne. Mille euros, tout de même.

Chaque fois : « J'ai fait une bêtise ? » elle demande, intéressée. Aux anges, elle se laisse engueuler. Car à l'idée d'être en mesure, coincée comme elle l'est, de commettre des bévues mémorables, air de plus en plus réjoui de ma mère.

Maintenant qu'elle oublie tant de choses, elle peut savourer les joies de l'improviste. Je dis que je viens, et puis je viens, mais elle, elle avait oublié que je venais, et pour un peu elle m'applaudirait. Chaque visite est un coup de foudre. Chaque personne, une rencontre nouvelle. Chaque biscuit salé, un mets à tester. La manière dont une fleur s'ouvre : du jamais-vu. La manière dont le soleil lui lèche les pieds : un miracle. « Tu trouves pas quand même absolument fabuleux d'en connaître un peu moins ? » elle me dit. Mais qui est ce génie qui m'enseigne la vie ? J'en arrive à penser que seule l'immobilité donne des ailes aux humains. À voir les autres tant s'agiter et ne rien comprendre. Bien sûr, son insouciance ne vaut que par mes responsabilités accrues, c'est moi qui dois penser aux détails et à l'évidence. Je l'accepte. Elle m'a fait ce cadeau quand j'étais enfant, de me délivrer du poids du quotidien. Les frites délicieuses arrivaient par miracle. À Noël, le cadeau onéreux dont je rêvais sans grande illusion car j'en connaissais le prix, il arrivait lui aussi. Si je voulais seller mon lit pour en faire un alezan, elle procurait du cuir. Elle aurait procuré de l'avoine si ça avait pu faire mon bonheur. Et même le cheval entier si elle avait eu l'argent. Oui, elle a fait de mon enfance une vraie enfance. Je peux bien rendre, à présent.

« L'improviste, elle dit, c'est très important. C'est ce qui fait qu'on tombe amoureux. À l'improviste, toc, on reconnaît quelqu'un. » On croit que les personnes âgées n'aiment pas la nouveauté, mais c'est le changement qu'elles n'aiment pas. Elles se méfient des métamorphoses. Qui aurait envie de bouger « encore plus » au bord d'une falaise ? Mais le vivant des autres qui surgit, ça, elle, ça la passionne. C'est moi qu'elle veut voir changer. Elle me sermonne si je ne laisse rien de neuf germer en moi : « Reste pas tankée dans ce qui ne marche pas. Permets-moi de te dire que tu fais parfois une tête d'enterrement. Tu pèses des tonnes quand tu es comme ça. Et permets-moi de te dire que y a des jours où je te trouve laborieuse. On dirait une veuve érudite. Qui aurait envie de faire des choses nouvelles à une veuve érudite, je te le demande ? Tout est écrit, ma fille. Mais faut pas trop essayer de le lire, sinon, attention, on ne reçoit plus d'improvisites. »

Des semaines entières où elle perd l'appétit.

Installée dans son lit, calée dans ses coussins jaune d'or en bourrette de soie, elle n'a pas faim. Elle considère avec dégoût le plateau posé sur son abdomen, le jambon San Daniele et la roquette. « Ça passe pas », elle dit, avant même d'essayer. Il faut lui expliquer de nouveau, comme à un enfant, à quoi rime le fait de se nourrir, l'effort qu'elle doit fournir. Lui redire que pour certains détails de la vie quotidienne, on peut l'aider, tandis que là, manger, personne ne peut décider à sa place. Elle écoute et approuve. Hochement de tête. Va-t-elle le faire, cet effort ? C'en sera un, car déjà elle a toutes les peines du monde à tenir sa fourchette tant les forces miraculeuses de la vie sont en train de la quitter.

La main se hausse jusqu'à la bouche, bouche qu'elle n'ouvre qu'avec mille précautions, comme s'il s'agissait d'une fine membrane dont elle seule, ma mère, connaîtrait la fragilité. Péniblement, elle se met à grignoter, luttant pour ne pas mourir étouffée, pour ne pas mourir d'un hoquet, pour ne pas mourir d'une fausse route, pour ne pas mourir de la mort bien connue dite « par San Daniele ». Mourir, à son intense regret. Tout en mâchant, avec cette lenteur de certaines vidéos d'art, elle garde un doigt frêle, déformé par l'arthrose, tavelé et sublime, posé sur son plexus solaire pile à l'endroit où la mort la guette. Soudain, elle s'éternise si fort qu'on est obligé de l'appeler, de s'assurer qu'elle est bien là, encore parmi nous. Dans un ultime sursaut, sa bouche s'ouvre pour dire ses dernières paroles dans ce monde. Va-t-elle pouvoir les prononcer quand ces fameuses forces miraculeuses la quittent ? Je lui demande ce qu'elle veut exprimer, elle ne peut ni répondre ni rien. « P...peux p...plus... » elle finit par péniblement articuler, la tête part sur le côté vers les oreillers fétiches. C'est la fin d'un être humain.

Mais dès la seconde où je lui retire le plateau, elle brandit une main leste pour récupérer son verre de rosé.

Sa dépendance, j'appelle cela « me faire confiance ». « Ce que je te demande, c'est de me faire entièrement confiance », je le lui répétais sans cesse tandis que nous attendions le fauteuil roulant. Elle n'en voulait pas. Mon frère et moi, par des hâbleries interminables, on tentait de l'amener à l'idée. « Une chaise roulante, ça fait handicapée », elle décrétait. « Eh bien, tu es quoi si tu n'es pas handicapée ? » répliquait mon frère, car bien entendu il avait cette gaucherie éperdue des hommes. Elle lui lançait des regards enténébrés. Elle lui tirait la langue s'il tournait le dos. Lui, il quittait l'appartement le cœur plombé, humilié de ne pas réussir à couvrir sa mère de paroles positives. Dès qu'il avait passé la porte, après avoir tiré une dernière fois la langue – pour la forme –, elle couvait l'entrée du regard et me demandait quand il reviendrait, son enfant adoré, et si j'étais gentille avec lui.

Le fauteuil est arrivé, elle était intimidée. J'ai cru que c'était par le livreur qui chantonnait en ôtant les plastiques. Mais, le livreur parti, elle a continué de minauder sur ses coudes, troublée comme devant un châtelain. J'ai avancé le fauteuil vers le lit, me suis excusée de sa couleur noire, ai promis une housse imminente, qui serait écrue je m'y engageais, ai mis en avant le côté clair des pneus. Elle a contemplé l'objet dont je vantais les mérites. Je me suis assise dessus et j'ai tournoyé dans l'appartement. Du mieux que je pouvais, j'ai fait la preuve que la vie aimait ce fauteuil.

« On verra... », elle a concédé.

Je l'ai quittée en rappelant que son fils serait si fier, si sa mère pouvait rouler. Phrase absurde, mais qu'elle s'est mise à suçoter tel un réglisse succulent.

Le lendemain, je l'ai trouvée installée sur le fauteuil, un peu en hauteur, ainsi qu'on est sur ces engins. D'une traite elle a dit : « Je m'en remets à toi. Tu fais le bien. Il n'y a pas l'once d'une méchanceté chez toi. Toute ta vie tu as cherché à rendre service. J'espère que l'amour ne te fait pas souffrir. Ne te tourmente pas trop pour ta mère, elle est solide. Peut-être que je vais me mettre à prier. Oh, pas pour moi. Moi je ne suis pas pressée que Dieu me voie, je te l'ai déjà dit. Mais s'il y a un dieu dont on puisse attirer l'attention, j'aimerais qu'il te voie, toi. C'est pour toi ma fille qu'un dieu peut encore quelque chose. »

On me demande comment je vais et je réponds comment va ma mère. Dans le café près de la Bastille, l'ami qui me comprend. Il est d'une grande intelligence, en admettant que l'intelligence ait à voir là-dedans. Il a eu, lui, il y a quelques années, son enfant au bord de la mort. Peut-être que ça vient plutôt de là, son empathie, du fait qu'il a cru perdre l'amour, qu'il s'est morfondu pour le sort d'un autre lui-même. Il enseigne la philosophie. Je parle de ma mère, il baisse les cils avec une infinie tendresse, et me cite un propos de Jankélévitch sur la vieillesse et la mort : « C'est la suppression d'un insuppressible. »

D'entendre ainsi nommer le scandale qui m'enserre la nuque ouvre en moi ce que je tais aux autres amis. À savoir : vais-je tenir ? À savoir que mon corps est courbaturé le soir. J'ai mal partout, même aux ongles. Et mon corps ces temps-ci a l'âge de ma mère plus le mien, j'ai cent trente-trois ans. Le matin, je ne peux plus poser le pied par terre, car évidemment j'ai le talon fragile, comme tous les Achille, comme tous ceux qui entreprennent d'aller dans plus vaste qu'eux. Je suis bien obligée de devenir une héroïne si je veux éloigner la mort. À mon ami, je raconte ma consternation devant ma mère devenant un petit enfant qu'on raisonne, qu'on encadre, qu'on nourrit, qu'on câline et qu'on lange.

La panacée, aussi, d'en faire ce que l'on veut de cette mère affaiblie. Tout, à part une rétablie. Moi qui n'ai pas d'enfant, je n'arrête pas de dire : « C'est comme un enfant... c'est comme un enfant. » Mais cet homme qui lui en a un, d'enfant, et qui a failli le perdre, m'explique : « Non. Ce n'est pas pareil. L'enfant, vois-tu, ton projet c'est de le sortir de la dépendance. C'est plus qu'un projet, c'est une mission. Et attends, c'est plus qu'une mission, c'est l'avenir. Un enfant, c'est quelqu'un qu'on rend indépendant. Il te quittera, pour vivre. Il a des chances de vivre, même s'il est malade, même s'il s'en sort mal. Tu peux y croire. Jusqu'au bout, tu peux penser que, s'il guérit, il est sauvé, que s'il a son bac, il est sauvé, que s'il sait se lier, il est sauvé. Alors que ta maman, où tu l'emmènes ? L'indépendance à venir, ce sera la tienne. Jusqu'au bout c'est toi l'enfant que ta mère autonomise. C'est elle, la mère. Laisse-toi chambouler, parce que, mon amie, ce qu'elle est en train de parfaire, c'est ton éducation. »

Elle me contemple. C'est cela la rallonge d'éducation dont parlait mon ami. Et au cas où cet ami aurait raison, je laisse ma mère me construire, mettre les dernières briques à ce que je peux être. Mieux : moi qu'on trouvait trop exigeante, jadis, voici que, non contente d'avoir trop demandé à la vie, grâce à elle je mets la barre encore un cran plus haut. Car j'entends qu'à partir de maintenant, l'amour, toujours, devra me considérer ainsi. Comme elle me voit maintenant. Je me désintéresse, ces temps-ci, des demi-mesures.

J'avais peur du regard de ma mère, enfant, et bien après dans mon adolescence, dans mes élans de femme, tout le temps en fait, comme j'ai eu peur. J'allais lui rendre visite et mon visage se désagrégeait dès le miroir de l'ascenseur. Qu'est-ce qu'elle allait trouver à redire ? Que j'étais en noir. Que je devais dégager mon front. Que je devrais mettre du rose à mes joues. Que je devrais sourire, et là, démonstration de son sourire d'archange, pour me donner l'exemple, mais je n'en saisissais pas la beauté, je le prenais contre moi. Ou bien, seule avec moi dans la pièce, elle bavardait avec un interlocuteur imaginaire : « Ma fille, elle achète sans cesse des vêtements, mais elle est toujours habillée pareil. » En vacances, dans la rue, j'entendais une mère s'extasier devant son enfant, lui disant : « Tu es belle ! Tu es si belle ! », ça me faisait souffrir. Les idées de ma mère sur la beauté et le reste, autant les dire : on ne tient cas que de ce qui est extraordinaire. Ah, j'aurais donné mes excellents résultats scolaires, mon don pour les formules, mes aptitudes au saut en hauteur, mon talent de parler en public, pour être belle. Et quand on me le disait, si ce n'était pas ma mère qui me le disait, j'avais l'impression que c'était des sornettes, des poires pour la soif. De l'ironie, qui sait ?

Un homme, l'autre jour, a posé sa main sur ma joue et j'ai trouvé ça normal. Je bouge.

À trente-quatre ans, Leila a à charge cinq personnes âgées, hommes et femmes, dont elle s'occupe comme d'une portée. Le matin, elle va d'une maison à l'autre pour faire leur toilette. À certains, elle prépare à manger. Pour quelques-uns, elle est la dernière présence au monde. Les hommes lui confient la mort de leur désir. Les femmes, la naissance de leur égoïsme. Elle adopte ma mère en quelques minutes, en la déshabillant. Les premiers temps, c'est si attendrissant, cette femme – ma mère – qui a l'air d'assister elle-même à sa propre nudité, levant des yeux hésitants vers une personne inconnue d'elle. « Pourquoi vous faites ça ? » elle demandait, au début, à Leila, ahurie qu'on veuille s'occuper d'elle. J'entendais Leila répondre : « J'aime mon métier. »

Et c'est vrai, elle adore la liberté d'aller et venir, et l'engagement, et la fidélité.

Elle a étudié, travaillait dans les assurances, avait monté sa petite structure, et a fait faillite. Un beau jour le hasard, car lui seul vous décale à ce point, la met devant sa première personne âgée. Elle accepte de dépanner un ami dont c'est le métier. Elle est douée. Elle n'a pas peur de toucher les gens. Le corps de l'autre n'est pas dégoûtant. Bientôt, elle gagne plus que correctement sa vie. Elle apprend la distance. Mais aussi des astuces capitales sur la proximité. Elle dit « ma grande » à toutes, « mon grand » à tous. Et jamais personne ne répond : « Pas de ça avec moi. » Elle dit que c'est l'enfant qui se décourage et s'affaiblit en nous, pas l'adulte accompli, qui lui affronte l'adversité jusqu'à la mort. C'est l'enfant qu'il faut applaudir dans la personne âgée. Et ça marche, ces personnes cajolées, elle les grandit. Ceux qui restaient couchés, elle les assied. Ceux qui restaient assis, elle les lève. Et ceux qu'elle a mis debout, elle leur rend leurs pas. Des miracles opérés jusque sur ma maman bringuebalante. Elle exauce ce que je ne peux pas accomplir. Car moi, au nom des lois filiales de la pesanteur, si ma mère glisse de mes mains, j'ai la tentation de m'effondrer avec elle. Et qui sait si ce ne serait pas sur elle ?

Un matin, j'arrive au moment où Leila l'aide pour la toilette. J'ai une gêne réflexe, qui est une longue pratique de la pudeur maternelle. Chez nous, personne ne montrait jamais son corps. Or, là, elle est assise nue sur son lit, avec le corps qui scintille plein de savon, les bras ballants que Leila soulève à tour de rôle. Elles plaisantent toutes les deux sur la lâcheté des hommes. Ma mère, elle rit. Le soleil lui vient sur les seins et le flanc, et elle m'adresse un regard libre et limpide en écartant ses doigts de pied qui ne touchent pas le sol, comme si c'était de cette manière qu'on dirait bonjour, dorénavant, dans le nouveau pays de la nudité réjouissante. Elle est si parfaitement heureuse, cette femme qui redoutait la dépendance, j'en reste soufflée. Elles se disent, avec Leila, qu'il est curieux que les hommes fassent la guerre, étant donné leur manque de courage. Ma mère ajoute qu'encore plus extraordinaire est le fait qu'à la guerre, ce ne soit pas des femmes qui donnent les ordres, étant donné que les hommes ont une disposition comique à obéir aux femmes. Et puis ma mère de décréter que les hommes, évidemment, vont à la guerre non pas parce que ce serait dans leur nature, mais pour la raison que sinon, on les tue. Elle conclut : les hommes font tout ce qu'on veut si on ne leur laisse pas le choix.

Là-dessus, elle me prend à partie. Pourquoi je n'écris pas, dans mon journal, moi si maligne, que c'est la femme qui donne du pouvoir à l'homme, car autrement il n'en aurait pas plus qu'un bambin couvert de bouées ? Je comprends qu'elle ne parle ni de son fils adoré, ni de ses petits-enfants adulés, mais de ce que l'homme a été dans ses bras d'amoureuse. Peut-être, elle parle à peine de mon père. La leçon que je reçois devant ma mère nue. La continuité de son corps, parti de la maternité pour aller vers tant d'espièglerie et de vérité, son corps franc, oui, est ce que j'aurai vu de plus liturgique en ce monde. Je découvre ce qui se présente, dès lors qu'on ne lance plus aucune bouteille à la mer. Mais qu'on est soi-même ce qui flotte, allégé, au large.

Quand elle est trop faible pour répondre au téléphone, au bout de quelques jours c'est vers moi qu'elles se tournent. J'ai ma course dans la ville, mes amis, mes désirs, j'ai mon travail où j'essaie de donner le change, le soir venu je rentre chez moi, vidée. J'ai sûrement décommandé un dîner. Et elles sont là, au téléphone. C'est le soir, et elles viennent aux nouvelles. Pas tous les soirs, oh non. Même si un contact quotidien les tenterait peut-être, elles ont trop peur de déranger. Aussi se contentent-elles d'appels aussi espacés que furtifs. Ça ne dure jamais longtemps. Je les reconnais à leurs voix vacillantes. La voix du peuple des vieilles dames. Voix que les vendeurs par téléphone sont formés à reconnaître, car alors on peut vendre à ces personnes vulnérables des abonnements à des magazines, par exemple.

« Bonjour, c'est la cousine Marie », elles me disent. « C'est la copine de Goussonville. » « C'est Geneviève. » Elles ne sont pas tranquilles. C'est qu'elles ont tant de peurs, ces contemporaines de ma mère : celle d'apprendre une mauvaise nouvelle, celle de faire peser sur mes épaules leur amour préoccupé, celle de gêner la jeunesse dans ses activités sacrées, celle de s'avouer incapables d'aider, puisque elles-mêmes, le plus souvent, ne peuvent plus bouger de chez elles, celle de me faire répéter ce qu'elles entendent mal, celle de se donner trop d'importance. Elles m'écoutent raconter l'état de ma mère. Elles font « Ah oui, ah oui… » aux mots savants que moi je tiens de l'hôpital, l'anémie, l'ostéoporose, la tachycardie, l'arythmie, autant de concepts sur lesquels elles se sentent légitimes, quand bien même elles n'y comprennent rien et avouent parfois, modernes : « Je suis larguée. » J'oublie ma journée harassante. Je me rassemble : comme on compresse un tube à moitié vide, je fais encore sortir de moi de quoi les rassurer. Elles me disent « Merci pour tout », et je traduis que c'est « Merci pour toutes ». Il faut les avoir entendues, ces voix sur le départ, il faut avoir tressailli avec elles, avoir compris l'affolement qu'elles éprouvent, au grand âge, à être une vague d'une même génération, à voir le troupeau se clairsemer.

Et pourtant, voici : de recevoir leur sollicitude, mes douleurs au dos s'amenuisent. Elles ont toujours le pouvoir de faire le bien, chères apeurées du peuple des vieilles dames, elles ont le pouvoir de me transmettre ce lien que les femmes ont entre elles. Elles me font fondre. Ce que la journée avait raidi s'adoucit, par ce respect qui me prend pour leur poignante espérance.

J'ai développé une sensibilité particulière aux personnes âgées. Est-ce une richesse ? Est-ce qu'elle m'ouvre à des valeurs supplémentaires, cette nouvelle loupe à voir la fin ? Si mon œil repère une cahotante dans la rue, c'en est fait : plus rien ne peut m'en détourner, ni la vitrine irrésistible, ni la star qui se matérialiserait là. Je suis comme ces parents qui, sachant les besoins fondamentaux de l'enfant, s'étonnent de l'enfant des autres zigzaguant entre les tables du café, pas couché à 2 heures du matin, énervé, blafard. Et comme eux, je me dis : « Qu'est-ce qu'il fait là, celui-là ? C'est pas sa place. »

Qu'est-ce qu'elle fait là, cette dame arrimée à son Caddie, venue tard au marché, au remballage, récupérer sur le sol les fruits et les légumes rejetés ? Elle se courbe à en gîter pour un melon éclaté.

Qu'est-ce qu'elle fait là, cette microscopique passante, doublée par une trottinette qui fuse, et elle panique, pantelle sur sa canne tandis que, en retrait, la mère de l'enfant, celui à trottinette, très pressée, crie : « Ne va pas si vite, Ben, tu vas tomber ! » La mère ne remarque pas ce que son enfant menace.

Qu'est-ce qu'elle fait là, celle couchée devant moi aux urgences ? Sans âge, tavelée, âpre, c'est la terre d'Islande, elle n'a pas voulu déranger sa famille affairée et attend seule sur le brancard, son sac posé sur son pubis. Et elle le tend au personnel soignant qui la réceptionne : « Y a tout dedans. »

Qu'est-ce qu'elle fait là ma voisine qu'un midi, en sortant de chez moi, je découvre par terre dans le hall, retournée comme une coccinelle ? Par un excès inapproprié mais déchirant de politesse, elle refuse d'admettre que son bras la fait souffrir. Il est cassé.

Qu'est-ce qu'elle fait là cette autre dans le carrefour, bloquant cinq artères de la ville, le bus stoppé devant elle, et elle et le bus face à face, dans une confrontation inexplicable, perdue d'avance ?

Qu'est-ce qu'elle fait là, la supermaquillée antédiluvienne, au restaurant marocain de la rue Monsieur-le-Prince ? Toujours solitaire et la même, qui parle à un ami imaginaire, entourée de clients qui, peut-être, de leur vie n'ont jamais vraiment vu l'autre, alors qu'elle, elle le voit.

Ça m'arrive d'en aider une à traverser. Au début, elles ont peur. Il y a des années de ça, elles ont appris à des enfants qu'il ne faut pas parler aux inconnus dans la rue, qu'on peut se faire aborder et dépouiller. C'est maintenant valable pour elles. Elles sont à la merci d'un faux-jeton, elles le savent. N'importe qui pourrait abuser d'elles. Une fois, à l'époque où ma mère s'aventurait encore dehors, une adolescente lui avait réclamé sa carte bleue. Ma mère avait tardé à réagir, sidérée qu'une enfant puisse penser à mal, et la jeune fille lui avait donné un coup dans la poitrine. Puis, voyant qui elle frappait, ou devant l'expression sincère de ma mère, la jeune fille s'était enfuie en criant : « Je m'en fous ! »

Je propose mon bras. Elles jaugent mon visage, je suis jugée en un éclair d'humanité. Elles tendent leur coude, elles se mettent à disposition, et éblouies de confiance s'apprêtent à traverser le boulevard sans plus rien fixer d'autre que mon visage. Je leur conseille de regarder plutôt droit devant elles. Elles le font. Des hordes de kinés leur ont déjà donné ce conseil. Au milieu du parcours, le feu passe au vert. Aucune des premières voitures ne vrombit. L'humanité entière patiente à son volant. On sait qu'un jour on en sera là. La solidarité, ici, c'est de l'anticipation. Après quelques secondes, ceux derrière klaxonnent. La vieille dame sursaute, serre davantage mon bras d'étrangère. Elle est affolée et je devine qu'elle se sent nulle et lente. Je lui dis qu'on s'en fiche, que nous on continue à notre vitesse. Parfois, sa main carrément me caresse l'avant-bras, les doigts où sont nouées les bagues d'une vie. Si la vieille dame a un sac à provisions, je pense à l'en décharger, comme au gué on allège un mulet. Le sac à main je n'y touche pas. Y a tout dedans. Nouveaux coups de klaxon, nous sommes presque arrivées. Pour atténuer la brutalité de ces avertissements sonores, d'ailleurs interdits par la loi en agglomération, je dis à la dame : « Ils ne peuvent pas savoir. »

Elle s'est postée devant la boulangerie. C'est une Gitane, ça se devine de loin à ses jupes qui lui descendent jusqu'aux pieds, les superpositions, l'à-peu-près de sa mise, le fichu sur sa tête. Sa canne sur laquelle chevrote sa main. Le dos arrondi, l'accablement d'être debout. Je reconnais. Plus j'avance vers elle et plus je pense à ma mère, ma maman, ma frêle. Chance de ma mère d'être calée sous les plaids en baby alpaga, luxe hivernal d'avoir du chauffage. Il fait si chaud chez ma mère que si l'on met le lundi des tulipes dans un vase, le mardi elles sont ouvertes, décalottées et offertes. Luxe de ma mère, oui. Rien ne l'oblige, cette maman, à mendier dans la rue glaciale. Alors que cette femme, là. Pauvre être ratatiné par les années. Pitié incommensurable pour le sort de cette Gitane. Qui a osé la mettre sur le trottoir ? J'ai dix euros dans la poche, je les glisse dans sa main tendue. La main, qui est gantée, se referme aussitôt sur l'argent récolté. Et la femme cesse de trembler, en fourrant l'argent dans sa poche.

C'est à ce moment que je distingue les traits de son visage, malgré le fichu qui la dissimule : mon Dieu, elle a vingt ans. Ce n'est qu'une jeune femme déguisée en vieille dame, afin de mieux ouvrir le porte-monnaie des passants. Je ne sais pas si elle a conscience de ce qu'elle outrage. Car derrière la barrière de ses cils, dans ses prunelles toutes vertes, ce que je lis en lieu et place de la provocation attendue, c'est de la gratitude. Peu de gens donnent dix euros.

Une infirmière, au téléphone. C'est une femme qu'on m'a conseillé d'appeler, arguant qu'elle est exemplaire et qu'elle pourrait, sinon s'occuper de ma mère, du moins m'orienter vers une collègue. Mais elle n'a pas de collègue. Comme souvent les gens exemplaires, elle est irremplaçable et seule. Elle s'appelle Yvonne. Elle supplie les services publics de la laisser former des aides-soignantes, ce qui lui est refusé car cela n'entre pas dans le cadre de la législation actuelle. Elle me dit : « La toilette intime, a priori personne ne veut la faire. Moi je la pratique depuis vingt ans. Je saurais montrer à une débutante ce que ça signifie, de toucher le corps qui flanche, je saurais établir que prendre soin c'est soigner. J'ai à transmettre. Croyez-le ou ne le croyez pas, je connais les secrets de la dignité humaine. Mes gestes ne sont pas brusques, ils sont assurés. Mes mots, c'est d'écouter celui qui peut encore parler. » Elle fait vingt-huit interventions par jour et couvre trois arrondissements parisiens. Elle dispense des soins dont dépendent des vies. Elle a cinquante-sept ans. Là, elle peut me parler, elle est dans la rue, elle regagne sa voiture. Tout en m'expliquant le fonctionnement des aides administratives, leurs inextricables limites, elle laisse échapper un juron : elle a une contredanse, le caducée ne les empêche pas. Elle est verbalisée presque chaque semaine. Elle n'a pas le temps de chercher une place valide. S'il y en a une, bien sûr elle la prend. Mais c'est rare. Ça arrive qu'en revenant à sa voiture, elle tombe pile sur le policier qui la verbalise. Elle ne discute plus. Elle me confie : « Je place mon énergie ailleurs. » Une fois, une seule fois, et pour la raison que le policier était une femme en qui elle pensait trouver davantage de compassion, elle a osé désigner le caducée. La femme y a jeté un coup d'œil, et elle a dit : « C'est trop facile. »

C'était dans un de ces endroits spéciaux où on les rafistole après qu'ils sont tombés. On me l'avait dit que les soins dispensés dans ces sortes d'hôpitaux, outre qu'ils sont inévitables pour qui veut remarcher un jour, sont d'une efficacité surprenante. Ce qui est l'absolue vérité. Mais moi j'entrais, et je ne pouvais m'imaginer, en installant ici ma précaire maman, qu'un séjour en pareil lazaret puisse la remettre d'aplomb. Les lieux m'horrifiaient. J'avais peur que ma mère n'ait remarqué la femme au loin qu'on entendait répéter « À l'aide... à l'aide... », les toux et l'odeur des cantinières. Je rangeais les vêtements dans le placard, d'autant plus consciencieusement que ça m'évitait de parler de la réalité, à savoir que j'allais la laisser là, moi, sa fille qui lui avait demandé sa confiance, j'allais la laisser là entre les vilains murs saumon, les vilains draps saumon, les vilaines sauces saumon, et jusqu'à l'air là-dedans qui me semblait saumoné. Elle, avec une docilité d'éreintée, se reposait. Le médecin venait l'accueillir, « C'est pour un premier contact », il disait, comme si une longue amitié allait les lier. Si c'était un qui s'était déjà occupé d'elle, il ouvrait les bras : « Alors, qu'est-ce qui vous est arrivé, cette fois-ci ? », on aurait dit qu'elle avait fait des siennes, cette fugueuse ramenée au bercail. Quoi qu'il en soit, il recevait en échange de ses propos le sourire séraphique de ma mère. Le peu d'entregent qu'elle pouvait encore insuffler dans ses relations humaines allait pour le docteur si instruit, la doctoresse. L'espace d'une dizaine de minutes, la présence de la science dans la chambre en transcendait la couleur, et même à moi le saumon paraissait une teinte, sinon attrayante, du moins à revoir à la hausse. Mais le docteur parti, l'autre aspect aseptisé du saumon revenait. Ma mère regardait en tous sens. Les effrayants accessoires du lit, trop compliqués. La fenêtre trop loin ou trop haute. La manette pour appeler de l'aide semblait trop loin, elle aussi, inatteignable. Son éloignement à elle enfin dont elle prenait la mesure, si bien qu'à la fin elle me demandait : « Où on est, exactement, ici ? » J'expliquais que c'était vraiment près de chez elle. Une fois, j'avais ainsi résumé : « On est à dix minutes de chez toi, à vol d'oiseau. » Elle avait mis sa bouche en coin d'un air de dire que ça lui faisait une belle jambe.

Je repartais vers ma richesse ou ce qu'on peut nommer comme telle : ma vigueur.

Je ne comprends pas pourquoi ceux qui gagnent ne se sentent pas plus souvent malheureux pour ceux qui perdent. Combien de soirs ai-je sangloté, sur un banc qu'on rencontre à l'entrée de ces bâtiments, banc si astucieusement disposé là qu'on l'aurait juré étudié pour accueillir la honte du visiteur, ce lâcheur.

Une fois où elle était ainsi en rééducation, et où j'étais venue lui rendre visite, nous découvrîmes ensemble une vérité déchirante de ces lieux. Ma mère avait une chambre particulière, la porte en restait ouverte, « Comme ça, je vois la vie », elle disait. C'était l'hiver, et il était 5 heures. La nuit tombait.

Elles étaient deux, qu'au début on ne fit qu'entendre, elles déambulaient dans le couloir. Ce qu'on percevait de leurs pas, c'était un cliquetis. Ce qu'on entendait de leurs voix, c'était l'une qui disait : « Allons, la dénicherons-nous enfin, cette sortie ? », et l'autre qui répondait : « Si nous ne la trouvons pas, à quoi ça sert d'être deux ? » « On la trouvera, si c'est à deux qu'on s'y met », disait la première. « Avant, je ne la trouvais pas. Mais depuis que vous êtes là, moi je sais que nous la trouverons », disait la seconde. « La sortie », disait la première. « Oui, la sortie », disait la seconde.

« Va voir », ordonna ma mère. J'allai voir. Dès que je fus dans le couloir, je tombai sur les deux femmes. Elles étaient très âgées. L'une tenait un désuet bagage effiloché qui déjà vous tordait le cœur. L'autre ne pouvait rien tenir, elle marchait avec un déambulateur. Toutes deux les cheveux démantelés. Celle qui tenait le sac me héla, levant le bras et le sac avec. À le deviner si léger, le sac, je compris qu'il était vide. Elle me demanda, sur un ton d'exquise politesse : « Ah ma chère madame, vous tombez bien. Auriez-vous l'extrême obligeance de nous indiquer la sortie, s'il vous plaît ? » Je répondis qu'on était bien, ici, et qu'on n'avait pas besoin de sortir. Je prenais la voix douce et taquine que j'avais apprise des aides-soignantes. Je rentrai dans la chambre de ma mère. Elles me suivirent. Ma mère vit les deux femmes pénétrer dans son domaine, elle estima l'intrusion et en pesa l'inacceptable débord. Elle sans défense aucune, la main sur la sonnette mais ne pouvant se résoudre à la délation, elle attendit que ces femmes, voyant que par ici n'était pas la sortie, s'en retournent. Ce qu'elles firent.

Dès qu'elles furent loin – il fut confirmé, à des bruits de voix bientôt sourds, qu'elles partaient hanter un autre couloir –, ma mère put enfin relâcher sa vigilance. La tête rendue aux oreillers, le visage de squaw sans l'ombre d'un sourire, mais où pointait une lueur d'espoir : « Écris-le », me dit-elle. Comme si de tous les pouvoirs, c'était moi, par mon art, qui avais le plus nécessaire, le plus attentionné, le plus tendre, et surtout le plus utile.

Étant donné l'état de ma mère, j'ai pris le pli, depuis quelques années, de renoncer in extremis à un dîner, à une sortie. J'envoie un texto qui exprime mon regret de ne pouvoir être présente, sous-entendu que mon être est retenu ailleurs. Ce qui n'est pas une inexactitude.

C'est ce que j'avais fait ce soir-là, mes hésitations à me décommander balayées par la nature même de la personne qui invitait, une fameuse poupée immensément publique, riche, sympathique et divine, donc entourée, courtisée. Il y aurait du monde autour d'elle. Mon absence serait à peine remarquée. J'avais précisé, dans mon texto, que ma mère avait de nouveau fait une chute. Et je n'attendais pas le coup de fil que la fameuse poupée me donna le lendemain. Il faut peut-être décrire physiquement cette femme. Somptueuse, dans une lutte désespérée, bien qu'assez réussie, pour paraître avoir presque vingt ans de moins. Vivant dans une représentation, se surjouant à des degrés où personne, à part quelques stars, ne se risque à culminer (dans la vraie vie, on a tôt fait de vous remettre les pieds sur terre). C'était aussi une femme tendre et une amie fidèle malgré sa notoriété. Quoi qu'il en soit, cette femme, quelqu'un à mille lieues de la vieillesse et de la dégradation. L'âge de ma mère, à côté de la flamboyance de cette amie, me faisait l'effet d'une pauvreté de ma famille ou, pire, d'un manque de savoir-vivre.

Voici donc que cette femme m'appelle, le lendemain matin, et me dit : « Tu nous as manqué hier soir ! C'était très gai, et on a tellement ri ! Il y a des aspects si amusants dans les soirées qu'on ne sait même pas en parler, après. Ta maman est tombée encore une fois ? Pauvre, pauvre, maman, je sais ce que tu ressens. Oh je sais que la vieille personne c'est toi-même. C'est à toi dans ces moments-là chaque minuscule vertèbre qui sort du dos de la personne âgée, des épines d'hippocampe, et ça lui fait si mal si on oublie de lui mettre les coussins. C'est à toi cette défaite, c'est ta pesanteur, et c'est toi aussi qui pèses ce poids de la vieille personne, et je sais que même la plus légère est importable, c'est à toi cette fin de vie, la douceur de leurs mains, la peau si fine qu'elles ont, as-tu remarqué ? Je sais dans quel exil ça met. Les grotesques activités du monde extérieur. Comment on se sort de ce désastre, ça je ne sais pas. Moi, c'est venu sans même que je m'en rende compte. Un matin de nouveau la jeunesse était en moi. Voilà pourquoi je la chéris aussi stupidement par tous les artifices. Ce que tu connais, je l'ai connu. »

Appris à l'hôpital au contact des aides-soignants : rien ne mérite plus de respect qu'un magazine féminin. « Vous faites un travail important », me dirent-ils un jour, ayant appris où j'étais journaliste, réunis autour de moi dans le couloir, et me dévisageant avec une si caressante considération que c'en était gênant. Je pensais qu'ils disaient ça par gentillesse. Je devinais d'eux peu de chose, mais qu'ils étaient gentils, ça oui, je le devinais. Pourtant, ils me firent vite voir mon erreur et où ils voulaient en venir. La coquetterie sauve les femmes à tous les âges, tel était leur message. Ils se régalaient à l'idée de m'en fournir un exemple. Et en effet, pour preuve, ils me montrèrent ma mère par un biais du couloir. Elle, d'ordinaire couchée, était assise dans un fauteuil et se contemplait dans un petit miroir. Elle sortait visiblement de chez le coiffeur.

Il apparut que ma mère, cette femme au bout du rouleau, ce matin s'était hissée plus volontiers sur un coude. Elle avait demandé s'il y avait un coiffeur dans l'établissement. Informée que oui, avait soupiré d'aise. À la jeune Polonaise qui proposait de lui limer les ongles des pieds, elle avait tendu une patte allègre, pile celle opérée pourtant, celle qui offrait tant de difficulté à la marche.

Ce qui avait déclenché cette énergie de soi ? Le magazine de mode où je travaillais que j'avais laissé là la veille, dans lequel on l'avait trouvée plongée au réveil.

J'entrai dans sa chambre. « Ma fille ! » s'exclama-t-elle, les cheveux subtilement dégradés. En m'attendant, elle avait dressé une liste de ses nouveaux besoins, produits de première nécessité sans lesquels elle ne saurait vivre. En voyant l'écriture de ma mère, jadis si assurée, aujourd'hui frissonnante, dentelée, un ruban de crépon, je n'osai songer combien de temps ça avait pu lui prendre, de rédiger cette liste sur laquelle on pouvait lire :

- Savon au chèvrefeuille Roger Gallet.
- Bigoudis mousse (4), taille moyenne (jaunes, si y a).
- Terracotta Guerlain.
- Gros pinceau à blush.
- Crème pour les ongles à l'abricot de Dior.
- Vernis à ongles blanc nacré (Gemey).
- Deux blouses indiennes longues (pastel). Sans fioritures. Longues.
- Ma montre.
- Miroir grossissant.
- Pince à épiler.
- Crème décolorante Veet (moustache).
- Passer chez Missoni. Robe légère Missoni tons clairs.
- Foulard Pucci (maison tiroir).
- Gilet écru cachemire.
- Chaussettes écrues cachemire.
- Cachemire.
- Couvre-lit fleurs indiennes.
- Rouge à lèvres vermillon. Dior.
- Ta présence.
- APPORTER MAGAZINES.

Au début, malgré les chutes, l'été je la descendais dans le midi de la France. À la fin des vacances, mon frère la remontait, elle était ressourcée. Parmi les renoncements nécessaires auxquels il fallut amener sa chère tête enthousiaste, celui pour lequel je pris le plus de ménagements, qui me causa le plus de tourment, ce fut celui de ces étés qu'elle n'aurait plus, parce qu'ils étaient devenus inenvisageables. Elle avait à l'esprit une chaleur écrasante, un baume du Midi qui dénouait ses tensions, hélas le Midi en plein été l'aurait mise en danger, à présent. Bien sûr, elle n'en avait pas conscience. Ou ne voulait pas voir. Elle, elle croyait qu'elle pourrait, relax dans un transat, se badigeonner d'Ambre solaire et crier « Ah… le soleil ! Y a rien de tel ! », en baissant les paupières pour ne pas s'aveugler. Mais les dernières vacances dans le Sud ne furent pas un succès. Une fin d'après-midi, elle tomba devant sa porte, golfe de Sainte-Maxime, alors même qu'elle était avec moi et que, après une journée au bord de la piscine, dopée par la joie de ses petits-enfants, émerveillée d'une blouse indienne rose pâle nouvellement achetée (par moi, pour elle) au marché de Saint-Tropez, enivrée de lauriers et d'insouciance retrouvée, soudain elle lâcha à la fois et mon bras et sa canne, pour me montrer l'étendue de sa résurrection.

La vitesse à laquelle tombe un corps sur un tapis de fleurs de laurier fanées, tapis qui n'adoucit en rien, ni la tragédie de la chute, ni l'incandescence du goudron de 5 heures en été. La vitesse à laquelle on devine tous que c'est grave, car au lieu de la consternation d'être au sol, elle reste, une fois tombée, continuant sa glissade vers un abandon inquiétant (elle s'était cassé la jambe, et foulé l'autre pied). La vitesse à laquelle une ambulance arrive et décide pour vous. Le pouls qui bat mal. On ne peut plus dire : « Ce n'est rien. » Rien, c'est ce qu'elle risque de devenir. La vitesse à laquelle cette ambulance file sur la route de la Côte, pourtant paralysée par ces embouteillages estivaux, mais nous on passe, pathétiques privilégiés. La sirène fait s'écarter les vivants. La vitesse à laquelle on est malgré tout rassurés d'avoir des passe-droits. La vitesse à laquelle je me retrouve aux Urgences, habituée que je suis, les papiers à la main, et ma mère enlevée, disparue derrière une porte battante.

La lenteur, ensuite. Attendre qu'on vous confirme cassures et fêlures. J'appelai tant d'amis depuis mon banc dehors. Au bout de deux heures la batterie de mon téléphone était déchargée.

Je ne pus qu'être seule, au milieu des derniers grillons. Attendant qu'on prononce mon nom.

Elle, elle remontait vers Paris par ambulance. Elle allait en région parisienne, dans un des centres de remise en état dont j'ai déjà parlé. Moi, je ferais le voyage avec ma propre voiture. Elle avait son idée sur mon retour. « Je ne veux pas te découvrir là-bas à mon arrivée », m'ordonna-t-elle durant un soin, le visage coincé contre le flanc de l'aide-soignante. Et je ne parvenais pas, non je ne parvenais pas à me dire que j'étais ce genre de fille-là, une qui poursuit ses loisirs en plein dans la tornade. Entre fuir et la suivre, je cherchais l'équilibre. C'étaient mes vacances. Or pensant cela je me disais : « Ce sont aussi les siennes, et regarde... » L'ambulance prit la route, je la pris aussi. J'avais juré de ne pas l'accueillir là-bas où elle allait, et de rouler doucement. Je comptais m'arrêter chez des amis, au-dessus d'Apt. Tandis que je traversais la montagne vers La Garde-Freinet, il y eut un terrible orage, qu'on appelle dans le Sud « orage du 15 Août ». Profitant de ce que la pluie ruisselait de partout, moi aussi je pleurais en roulant, sur ma maman fragile, sur un homme à qui je ne pouvais demander du secours, sur ce qui se passerait si jamais je crevais dans ces gorges désertes, je pensais à mes pneus : une peine intenable, on la place plus volontiers dans des détails.

Le lendemain, je sus que ma mère était bien installée. Elle me redit : « Surtout, ne viens pas. Je n'ai besoin de rien et j'ai un impensable parc avec des collines, tu verras. » Mais le service des admissions m'appela pour me dicter la liste de ce qu'il fallait apporter dès que je le pourrais : des savons, des serviettes, des gants, des robes et des chemises de nuit. Par un effort colossal, je décidai de ne partir que le lendemain. Je passai la journée dans les chaises longues de la maison, allant de l'ombre d'un tilleul à celui des cerisiers. Les paroles nourrissantes avec les amis. Le repos que l'on aspire à pleins poumons, à défaut d'être en mesure d'y aspirer. Pendant quelques heures, je glissai dans un monde où l'on pouvait ne se soucier de rien. Mon amie à la minute de mon départ, sa main sur mon front : « Ta mère donne encore. Prends. » Elle me l'avait dit plus tôt dans l'après-midi d'un abricotier famélique. Il donnait encore des fruits invraisemblables.

L'hôtel Flaubert à Trouville, directement sur les planches et la plage. J'avais réservé une chambre « vue mer », au premier étage. Quinze midis d'août grillés de lumière. Ma mère dans le lit king-size, moi dans un plus petit arrangé dans une alcôve. Le soir, le soleil mettait tant de temps à se coucher sur la mer, ça faisait comme une autre journée, grappillée sur la postérité. Durant des heures elle examinait l'activité de la plage. Elle trouvait que les mouettes affluaient. Elle trouvait que c'était formidable, ces familles d'étrangers, d'Asiatiques, d'Indiens, une France refuge. Elle trouvait que les gens mangeaient trop, les crêpes, et les beignets, et des gaufres, et des glaces, et des moules, et des frites, et des sauces et des machins. À part la mer, elle voyait la terrasse du restaurant, en contrebas. Elle jubilait de distractions. Un bout de langue guilleret pointait entre ses lèvres : malgré son état, je l'avais EMMENÉE en vacances. Tous les jours elle voulait pique-niquer au lieu d'un vrai repas, tant c'était l'aventure des pionniers, d'être là face au possible.

Le matin, je m'agenouillais dans la salle de bains, je l'aidais pour la toilette. Il eût été très difficile de se procurer une aide en cette saison. La tête penchée vers moi, vers en bas, tellement penaude, elle répétait : « C'est affreux de vieillir… c'est affreux de vieillir… » Aucun pathos, juste qu'elle était enquiquinée, vraiment. J'apaisais ses scrupules : « Ne l'as-tu pas fait pour tes enfants, de les laver ? » Silence par là-haut, elle ne répondait rien. Moi je continuais ce que j'avais à faire. Après quelques minutes, j'entendais : « Tu es mignonne de me dire ça... »

À sa vitesse, accrochée à son déambulateur, elle repartait vers son fauteuil devant la mer. J'essayais de la laisser aller sans aide, en prêtant l'oreille, à tout instant elle pouvait s'écrouler. Un bruit sourd se faisait entendre, j'étais rassurée : c'était son dos qui plongeait dans les coussins.

Je m'installais dans mon petit lit. Je lisais *Une saga moscovite* de Vassili Axionov. Mille sept cents pages. J'avais pris exprès un gros livre pour mes temps morts.

Soudain, elle gazouillait : « J'adore le bonheur. Ce serait pas l'occasion d'un petit verre de rosé ? » Moi, j'étais au Goulag avec mes amis. Ils venaient de monter un club de théâtre et aucun système totalitaire ne pourrait anéantir l'âme de ces lettrés, mais nous luttions, rien n'était si facile. Je bondissais dans la chambre : « Mais maman, il est 11 heures du matin ! »

Elle était là, aux anges, devant les grandes fenêtres, l'âme comblée par la villégiature, ma présence, ses petits-enfants qui viendraient en allant à la plage, l'azur inespéré, sa nuque qu'on venait de parfumer, ainsi que le creux de ses coudes où elle se humait, son peigne et son Ambre solaire, sa peau qui se tannait, le sachet de chips à la moutarde déjà à la main.

Alors qu'est-ce que je faisais, moi ? Je laissais le Goulag. Je servais le rosé.

Les fins d'après-midi après ma visite, le nombre de fois où elle demande, très intéressée, ce que je vais faire en la quittant. Si je sors. La vigueur avec laquelle elle m'enguirlande, elle la soi-disant affaiblie, si jamais, au lieu de la griser des projets détaillés de ma soirée, je réponds avec lassitude que je n'ai pas l'appétit de me distraire. Ça peut arriver que je n'en puisse plus. Que mon visage soit blanc et mauve. Elle déteste. Moi, je pense : hiberner pendant le long hiver de l'autre, est-ce si aberrant ? Elle, elle me toise, vibrante de désapprobation. Rien ne la contrarie plus que mes sacrifices. Et moi certains jours je les lui mets sous le nez, moi je me plains. Est-ce que je lui fais payer quelque chose en exprimant ma fatigue ? Est-il bien vrai qu'il y ait, dans notre bonté, une férocité quand même ? En tout cas, elle ne se laisse pas dramatiser. Elle se met sur ses deux coudes. Et dès qu'elle fait ce geste, son âge est oublié, elle va d'un bond me venir là, s'arrêter à cinq centimètres de mon corps, ainsi qu'elle le faisait lorsque j'étais enfant et qu'elle voulait m'en remonter. J'en mets du temps à comprendre qu'elle ne bondira plus. Quoique. Qu'est-ce d'autre que la force pure ces verbatim de ma mère scandalisée par mon manque d'énergie : « Comment ça, tu ne sors pas ? Et en quel honneur ? », « Si tu ne vis pas malgré moi, comment me survivras-tu ? », « Ce que je

69

te conseille, dès que tu sortiras d'ici, c'est d'oublier un peu que j'existe », « Continue d'aller vers les autres, sinon tu les perdras un à un : on ne va pas te mettre sur un podium parce que tu as découvert le gâchis humain », « Dis donc, tu ne vas pas te désintéresser de la vie juste quand ta mère en voit la valeur ? », « Et du côté des hommes, on n'a rien ? »

Elle oublie que je suis venue. Mais n'oublie jamais de demander où sont les olives juteuses que j'avais promises. C'est que je n'ai pas toujours eu l'idée de passer à l'épicerie arménienne, lieu éloigné où, pour ne rien arranger, les deux employés ont à peu près l'âge de ma mère. Ils vous excèdent par le temps qu'ils mettent à servir une poignée d'olives. Travailler les fatigue. Dès qu'on dit ce qu'on veut, ils poussent un soupir. Ils sont frères, se ressemblent. Si le client juste avant vous est un vieil habitué, prévoir un tiers de l'après-midi. Le monsieur antique de la caisse m'offre des figues confites que je ne mangerai pas. Il me fait honneur en me disant : « Mademoiselle, hélas j'ai une épouse, sinon qui sait où cela nous mènerait ? » Je quitte la boutique, ils m'appellent « Sireliss », qui signifie « mon amour ». Sans doute la boutique désuète disparaîtra avec eux et ma mère.

« La prochaine fois, tu me prendras des "kalamatas". Les grosses. Les mammouths », elle dit. Car celles que j'ai achetées, elle leur juge la peau trop ferme. Si une autre fois je choisis les plus grosses, elle leur juge le noyau trop gros. « Il y en a d'une autre sorte, elle se souvient. Plus claires et plus fondantes. » Mais si j'apporte celles auxquelles elle pense, les « taggiasche », elle les estime trop salées. Les grecques à la peau fripée, elle leur trouve un goût amer. Les « parajeras » n'ont pas assez de chair. Les « arbequinas » ne sont pas assez arméniennes. Les « picholines » sont trop petites. Les « grossanes », trop rondes. Les « salonenques », trop vertes. Et les « lucques », elle les décrète insignifiantes, en rien habitées par l'Orient.

Évidemment, elle regrette les olives au piment d'Espelette des marchés du Midi. Je présume que si j'en apportais, elles non plus ne correspondraient pas à l'idée qu'elle s'en fait.

Je le lui ai dit l'autre jour, à bout de courage (il fallait retourner à l'épicerie), qu'on ne retrouverait jamais le goût du souvenir. Et elle a admis, comme si c'était là, une fois de plus, une simplification inévitable du grand âge : « Il vaudrait peut-être mieux m'en prendre de tout à fait ordinaires. Et je me débrouillerai. »

Parfois, Leila et moi nous nous croisons. C'est la joie de ma mère de nous écouter discuter. Pendant une heure, elle a une vraie maison colorée et animée où on fait salon. Elle surveille notre conversation, sa tête va vers celle qui prend la parole et passe à l'autre si elle renchérit. On la croirait à un match de tennis. Et ce n'est pas faux que pour elle, un échange entre Leila et moi, c'est une attraction. Les divertissements ne sont pas uniquement sur les plateaux de télévision. Il y a absolument de la vie partout pour elle. Là, elle en prend conscience.

Elle, elle parle peu, bien trop occupée à profiter du spectacle. Alors c'est nous qui parlons d'elle. De la tête qu'elle a. Elle la tend vers nous, passionnée par le sujet du jour. Et à cette occasion, fait l'effort inédit de décoller son dos du fauteuil. Nous parlons de son sourire. Leila, d'origine marocaine, elle aussi y reconnaît l'obligeance de l'étranger. Et nous parlons de ça, des mérites de l'exil. Ça s'en va vers des généralités, et on revient sur ma mère. Nouvel éclat sur ses joues. Nous parlons de son air d'être grecque, par ce côté « béni des dieux » de son visage. Leila avance : « Cet air d'être russe ou même une comtesse », et là ma mère défaille de plaisir. On lui décerne des qualités. Elle les entérine d'un hochement de tête, on dirait un rabbin savant acquiesçant à la grandeur du monde. Elle se tait.

J'ai compris : par son silence, elle masque sa lenteur. Je lui demande quel défaut elle pourrait bien avoir, au milieu de cet océan de vertus. C'est pour faire travailler sa mémoire. Changement d'ambiance. Pas si vite. Va falloir qu'elle réfléchisse. Un doigt sur les lèvres, elle s'y met. Le silence complet est dans la maison, il me fait penser à un lendemain de fête. Et les secondes passent, et passent, et passent, et aucun défaut. Et les minutes passent. On ne va pas la forcer à approfondir. Peut-être qu'en vieillissant on n'a plus de défauts. J'ai noté qu'ils empiraient avec le temps, mais qu'après ça s'arrangeait. Bref, on change de sujet. On a même oublié la question.

Et puis, ça lui revient : « Ah si, j'ai une faille : je n'aime pas déranger. »

L'aide-soignant avec son chariot médical arrivant devant la chambre de ma mère. Il est plus enjoué qu'un vendeur de glaces. « Mohammed » est écrit en énorme sur sa blouse, ça lui barre presque le torse : « C'est pour qu'ils puissent me lire », il m'explique. Il fait ce travail insensé. Qui peut accepter une tâche pareille ? je me dis. À croire qu'il m'entend. C'est son jour d'explications : il est fier de m'apprendre que ce travail, justement peu de personnes peuvent le faire. Pour cette raison même, il est difficile d'être recruté. Lui se souvient de ses entretiens ici comme d'un espoir, enfin. « On me parlait de l'importance des humains. » Il a été caissier à Carrefour. Il sait ce que signifie ne servir à personne. Il a été viré pour avoir accordé une remise de trois euros à une cliente prise en pitié. « Je la connaissais, à force, et ça c'était déjà une faute, vous imaginez bien... » Partout où il a été employé, le patron parlait vite des lois du commerce. Ici, on lui a demandé (il venait pour être homme de salle) s'il y avait des personnes âgées dans sa famille, on lui a demandé ce qu'il se figurait de la pudeur, s'il se sentait perdu devant la fragilité, s'il imaginait un pont entre les hommes. À tel point qu'il avait pu craindre, un temps, d'avoir embrassé une secte. Les premières semaines, il était continuellement encadré par ceux déjà en place. Il nettoyait une chambre en ignorant la personne couchée là, quelqu'un le voyait. Au débrief, une cadre commentait : « Mohammed, fais face aux patients quand tu pénètres dans leur territoire, ne sois pas timide. » Et qu'on lui dise « timide », au lieu d'« indifférent », « incapable », « négatif » et « bouché », lui ça le chavirait.

Trois années pour parvenir à être aide-soignant. Il sait n'avoir peur ni de la demande ni du rejet, déplier ce qui se plie, mettre debout de force, mais avec confiance, des personnes pour lesquelles y compris la famille, désolée, se résigne. Il balaie moins. En revanche, il touche les corps et ce qui émane des corps. « Vous ne pourriez pas le faire, il me dit. Il faut connaître les bons gestes. Il faut avoir appris. Il faut avoir compris. » Il réfléchit, les yeux vers là-bas une fenêtre au-delà de laquelle on aperçoit quelques arbres sans feuilles : « Ce n'est pas une besogne. »

Les jours où j'étais faible. Malade, me traînant. N'osant dire à personne que je ne tenais plus. Je faisais courir mes mains terrorisées sur mon estomac, je le sentais vitriolé. La nuit, la douleur à cet endroit me tordait le corps en fœtus. En fœtus, bien sûr. Où elle était ma force ? Où elle était la femme ? Quand en serai-je une ? J'avais honte chez le médecin. C'est toujours terrible un bon professionnel qui vous soigne, vous guérit complètement, et vous, vous revenez tous les cinq mois avec chaque fois la même maladie. Il va penser que je le fais exprès. Ce que je me disais. J'avais honte, tellement honte. On voudrait vraiment être une affriolante courtisane, avec le vice, l'érotisme, le foutu pour foutu dans les cas extrêmes, les curées sexuelles. Il y a des femmes qui se mettent dans ce genre de situations, malgré leur famille. J'ai vu des délurées s'embrasser entre elles, rien que pour oublier les hommes ou les soucis un soir. J'aurais pu, moi aussi, embrasser des hommes, pour oublier le peuple des vieilles dames. Être une séductrice. Non, moi je n'étais rien. Je végétais dans la pureté, elle me gagnait. Je me regardais dans un miroir, le visage pâli par ma douleur au ventre, et je croyais me déceler, au front, entre les yeux, une zone noble et lisse comme un chanfrein, qu'aussitôt je prenais en haine. J'y voyais le début de la sainteté, cul-de-sac à côté de quoi les maux d'estomac ne sont que des scarifications d'amateur. Et je me débattais. Qui veut être une sainte alors que Robert Mitchum ? Qui voudrait d'une sainte, surtout ?

Ce qu'il me faudrait d'imagination pour oser retourner vers un peu de débauche. Me farder. Refaire l'intéressante avec mes jambes. Soutenir des regards, au risque qu'on lise dans le mien une insondable énigme. Laisser quelqu'un approcher ma peau et laisser les paroles scabreuses me faire un bien immense. Oublier que le corps se dégrade. Ou bien penser, preuve à l'appui, une nuit d'abandon, dans les bras humbles d'un coquin, que le corps se dégrade de bien des manières et souvent, dans le cours de la vie, d'une façon tout à fait alléchante. Que tout n'est pas si grave. Cesser ce raccourci entre le corps de ma mère et le mien. Penser et repenser qu'elle m'avait enfantée. Qu'elle avait désiré des hommes. Que je le pouvais bien, moi aussi.

Plongée dans le silence ce dimanche-là. Elle ne s'exclame pas « Ma fffffilllle ! » en entendant ma clef dans la porte. Elle n'est pas postée devant la télé, ni devant la fenêtre. Elle n'a pas la radio sur ses genoux. Elle est dans le fauteuil, accoudée sur le plateau-repas, ses joues sur ses poings. Un front de conspirateur, par là-dessus. Je vais pour demander ce qui se passe, tout de suite elle anticipe : « Chut ! » Et je me tais car qu'ai-je jamais fait d'autre que lui obéir ?

C'est alors que moi aussi je les entends. C'est là-bas derrière la cloison au moyen de laquelle, jadis, on a divisé ce spacieux appartement en deux habitations. Ils sont plus que démonstratifs. Elle, elle gémit « Salopard, où tu m'emmènes ? » et « Tu me fais mal ! », mais une franche bonne humeur filtre par la cloison, du rire dans les plaintes de cette femme, dont les cris, au fond, sont une acclamation. Même quand un bruit effrayant, qui fait penser à un coup de poing, interrompt leur échange, l'instant d'après on entend la femme glousser : « Salaud de connard, tu m'as fait tomber, remets-moi sur le lit ! » Et ça recommence, des rugissements, des vagissements, des agissements. « Ça arrive souvent ? » je demande, à voix basse. « Tout le temps. Et même la nuit, tu te rends compte ? » dit ma mère, tandis que derrière la cloison, l'homme commentant ses faits et gestes, il apparaît qu'il est une sorte de dresseur à la fermeté surnaturelle. La violence de ce couple, surtout là, si près. Nous, on reste à écouter, encouragées par l'évidence que tant d'intensité ne saurait durer trop longtemps, non plus. Et pourtant, de l'autre côté, les festivités se poursuivent. Une difficulté de ce dompteur à finir de dresser s'offre en éventuelle explication. On n'ose ni rire ni en parler. Ça prend un temps fou. À la fin, c'est insupportable. « Tu veux pas taper dans la cloison ? » me demande ma mère. J'hésite. Ça a beau être insupportable, ce sont des gens qui s'amusent et se désirent. « Va taper dans la cloison, non ? » elle insiste. Et j'y vais. De l'autre côté, les activités redoublent d'intensité et de notions nouvelles mais je ne peux bien entendre car je fais le mouvement de taper dans le mur. Ma mère tient à deux mains son plateau-repas, comme s'il allait tomber sous le choc.

Ils s'arrêtent séance tenante. Je regrette aussitôt de les avoir empêchés.

Pendant une heure, ensuite, ma mère se maintient le cou tendu, les yeux sur la cloison, n'écoutant rien de ce que je lui raconte. J'insinue : « Dis-moi, tu n'aurais pas, par hasard, l'espoir qu'ils recommencent, n'est-ce pas ? » Et sa réponse : « Tu verras, quand tu auras mon âge. Ce n'est pas si fréquent, un suspense où on ne court aucun risque. »

Si, par mégarde, quelqu'un connu d'elle a la mauvaise idée de mourir, on ne sait jamais le lui apprendre. On commence, la personne alors déjà morte, par évoquer le fait que cette personne-là elle ne va pas très bien. Que son état s'est aggravé. Qu'elle dort et le jour et la nuit. Qu'on s'attend au pire. Qu'il faut l'espérer, ce pire, vu dans quel état se trouve la personne (enterrée, mais ça, on le tait). Et on laisse ma mère faire ses déductions : « Dans ce cas, vaudrait peut-être mieux qu'elle ne se réveille pas », elle dit, ou « Tu sais, à un moment, ton moment est venu », ce genre de cheminement. On la jurerait préparée. Quotidiennement, elle demande des nouvelles. On en donne. Au bout d'un certain temps, elle ne demande plus rien. Mon frère me prévient : « Elle a compris. » La vieillesse a sa sagesse.

Sauf qu'une fois où nous avions agi ainsi, je venais d'arriver et j'étais debout devant le lit de ma mère à déboutonner mon manteau, et elle était en train de me complimenter sur mon écharpe, eh bien, là, à cette minute, les yeux plissés presque, comme quelqu'un qui vous ferait une blague, elle avait demandé, effrontée : « Elle est pas morte, au fond, Elena ? » Que faire devant la vérité ? Moi, je n'avais plus l'énergie de mentir. Elle semblait si avertie, en plus. J'avais répondu : « Oui, Elena est morte il y a quatre mois. » Elena avait trente-huit ans et une tumeur au cerveau. Elle avait été mariée à mon frère. « Oh non… », avait dit ma mère. Son chagrin, immédiatement, insoutenable. Elle pleurait comme les vieux, en sanglots de la gorge, le canal lacrymal lui aussi décati empêchait les vraies larmes.

Je ne comprenais pas pourquoi elle pleurait puisqu'elle avait deviné.

Et je prenais conscience que ce temps où ma mère n'avait plus demandé de nouvelles d'Elena, avait bel et bien été, on n'avait pas rêvé, un temps pour la mort. Mais une mort imaginée par elle. Je me rendais compte de ce qu'était la mort pour ma mère : quelque chose à quoi elle était résolue et qui n'était pas la vie, mais qui en aucun cas ne ressemblait à la mort présentée, conçue, décrite et proposée par les vivants. Il y avait un état, non pas intermédiaire, mais inventé par elle, où la présence cessait. Ça flottait. Et si on s'avisait d'opposer à cette conception une autre réalité, on lui retirait bien plus grave que la foi. On lui ôtait la créativité.

Elle n'a jamais aimé qu'on la touche. Pour faire une simple bise, elle tend le menton, elle n'embrasse que l'air, les yeux clos pour que rien de l'autre ne la pénètre. Jadis, dans son Midi chéri, je l'ai vue refuser d'aller saluer des amis sur la plage, au motif que c'étaient des embrasseurs. Des amis dont elle avait parlé durant l'hiver avec nostalgie. « Oh mon Dieu, ce que ça va être rasant », elle fulminait, les voyant arriver, car eux nous avaient vues, aussi. « Je vous embrasse pas, je suis pleine d'huile solaire ! » elle prévenait. Ravie d'avoir un tel alibi. « C'est pas grave ! Nous aussi on en a ! » répondaient ces sensuels. Double aversion de ma mère, ça m'amusait son air « en plus, y aura leur huile ». Plus on descendait dans l'échelle sociale, plus le nombre des bises augmentait, plus l'autre se jetait sur vous sans plus de cérémonie. Vous enduisait de sa peau. Ça l'aurait rendue snob. D'où venait ce dégoût ? Elle, elle disait : « Ça vient de la pudeur des Arméniens. » Y aurait eu, chez les Orientaux, une propension à se passer des familiarités. Je gobais ça. Ma surprise, à quatorze ans, découvrant mes compatriotes bouche à bouche, dans un chalet du Jura où des étudiants arméniens du monde entier se réunissaient chaque année. Mais elle n'était rien, cette surprise, à côté de celle qui m'attendait bien des années plus tard, le jour où ma mère vieillie, rendue à la dépendance, hospitalisée, me fit part de cette nouvelle : selon elle, les aides-soignants disaient que de tout l'étage, c'était elle qui avait la peau la plus douce. « Ce que j'ai pour moi, elle fanfaronnait, c'est que je suis comme une soie. » Et pour en attester, elle me tendit sa main afin que je la touche, que je dise en conscience si oui ou non les professionnels n'avaient pas raison. Après l'enfance, je ne l'avais plus touchée. Chez nous, on ne s'embrasse ni aux retrouvailles, ni aux adieux, ni en vacances au petit déjeuner, ni aux anniversaires. Juste parfois pour les Rois, mais nous savons y faire, et si par malchance c'est nous qui avons la fève, nous savons la faire rouler discrètement sous la table. Eh bien, elle me donnait sa main. C'est vrai qu'elle avait la peau douce, des paumes veloutées. Entra un aide-soignant, c'était celui qui l'avait complimentée en premier. Elle me présenta : « C'est ma fille. Je lui ai fait toucher mes mains. » Extase surréaliste de ma mère. Elle découvrait, passé quatre-vingts ans, grâce à des hommes qu'elle payait en partie (la part que ni l'assurance maladie ni la mutuelle ne prenaient en charge) les joies folles du contact.

La peau si fine. La loi qui va avec : la fragilité. Tout le temps qu'on vieillit, cette peau s'épaissit. Mais une fois que c'est acquis, une fois que la vieillesse ça y est on y est, l'épiderme devient ce voile satiné qu'un éclat d'ongle entame. Évidemment, nous, on ne voit pas. On parle bien vite de peau parcheminée, comme on dit « C'est la vie » quand on n'a rien à dire. Et on croit ce qu'on voit. La stupeur de ma mère le jour où, pour la première fois, on lui déplissa la peau des bras rien qu'en passant de la crème dessus. Ça faisait une renaissance. Elle, elle fixait son bras en le mettant, plié, le plus loin d'elle possible, exactement de la manière qu'elle faisait pour essayer des bagues, autrefois. Pour elle, cette peau nouvelle valait tous les bijoux. Autre stupeur de constater, avec cette peau si efficacement hydratée, qu'elle se couvrait d'hématomes au moindre choc. Qu'il y avait, par-dessous la peau, des vaisseaux aussi minces, sinon plus, que son altérable écorce. Et qu'après, encore en dessous, les os aussi étaient tel du verre. Bref, elle était un fakir assis sur le danger. Fallait pas se cogner. Fallait pas non plus se taper sur les cuisses de rire, on se blessait. « Bon, ben je ne vais pas trop bouger », elle régla. Et puis dernière stupeur, apprenant par un médecin, venu exprès lui expliquer la situation dans sa chambre, la raison pour laquelle on ne pouvait pas non plus la laisser dans le confort de son lit, sans remuer, et pourquoi il fallait la lever, la bouger, et pourquoi le fauteuil, et du lit au fauteuil, et du fauteuil au lit. Son refus de l'aberrante explication qu'on lui donnait. Alors ils auraient voulu lui faire accroire, à ma mère si intelligente, si pleine de bon sens, que sa peau délicate, dont elle découvrait ces temps-ci le pouvoir, si on ne la bougeait pas, allait mourir. Ce n'est pas elle qui mourrait, avait dit le docteur : non, c'était sa peau. Pour comble, le pauvre homme, qui n'osait pas parler d'escarres car à lui-même ce mot faisait peur, lui préféra le terme de « nécrose ». Ma mère eut la moue de dégoût réservée aux vulgarités.

À peine on avait une peau irrésistible, déjà les emmerdements s'enclenchaient.

Une fracture du bassin, une fois. Les Urgences. L'interne me montre les radios. À côté de nous, couchée à plat sur le brancard, elle écoute. L'interne lui demande : « Racontez-moi ce qui vous est arrivé. » Et ma mère, qui m'avait prévenue un jour « Je n'aime pas parler de moi », et qui l'instant d'avant, trop affaiblie, la tête trop en arrière sur l'oreiller trop plat, ne pouvait articuler les mots les plus simples, se met à dire : « Eh bien voilà, docteur, je suis née en Grèce, à Corfou. En 1924. Il faut que vous sachiez que nous sommes arméniens. C'est une grande culture. D'ailleurs on dit : la "culture arménienne". Ma famille a fui la Turquie. Ma mère a accouché d'un premier enfant au début du voyage, à Çanakkale, détroit des Dardanelles, en 1922. Ensuite, Cephalonia, Grèce, ma mère est tombée enceinte une seconde fois. Ensuite, Corfou, pour l'accouchement. Aussitôt arrivés à Corfou, mes parents sont allés demander quatre visas pour la France : pour eux, pour ma sœur déjà là, et pour le futur enfant. Ça a pris des mois d'obtenir les visas. Deux jours après qu'ils les ont eus, ma mère a mis au monde des jumelles. Le service de l'immigration a averti mon père : "Vous n'êtes plus quatre, vous êtes cinq. Tous les papiers sont à refaire." De nouveau, ça pouvait prendre des mois. Et ils avaient déjà deux années d'exil derrière eux. À vivre sans travail, sans foyer. Les parents de mon père étaient à Corfou, eux aussi. Mon grand-père était prêtre, mais chez nous les prêtres peuvent se marier. Mon grand-père jouait plus ou moins le rôle de diplomate dans la communauté arménienne. Là, il venait d'être muté au Liban. Il a dit : "Et si on prenait l'une des jumelles avec nous à Beyrouth, pour que vous n'ayez pas à refaire les visas ?" C'était le plus raisonnable. Ma mère a dû décider quelle jumelle elle laissait. Moi, j'étais un bébé gracile. Ma sœur, elle, en très bonne santé. Mes parents ont pensé : "On va prendre avec nous l'enfant la plus fragile." Et nous sommes partis. Elle s'appelait Aghavnie, celle que nous laissions. Elle avait treize ans quand elle a pu nous rejoindre en France. Une fille bien plus belle que moi, elle parlait plusieurs langues. On n'avait pas arrêté de lui expliquer que sa maman ne l'avait pas gardée parce qu'elle était en bonne santé. Du coup, elle voulait tout le temps être malade. À l'époque de l'anthrax, j'ai reçu une enveloppe. On aurait dit qu'il y avait du sable dedans. La rumeur courait qu'on pouvait recevoir de l'anthrax par la poste. Ce n'était pas de l'anthrax, c'était ma sœur qui m'envoyait l'ensemble des capsules de médicaments qu'elle prenait en une journée, pour me prouver sa santé fragile. À la fin, elle a fini par se faire une vraie maladie, et incurable, il paraît : une "maladie orpheline", vous connaissez ? C'est elle qui devrait être ici au milieu des médecins et des infirmiers, mais elle est décédée il y a trois jours, et c'est moi qui suis tombée. »

Un été, je choisis Corfou. Il est clair que, si une destination d'une manière ou d'une autre intéresse ma mère, elle domine mieux sa peur, celle de chuter en mon absence, sans secours. Des semaines avant mon départ, elle fouille dans sa mémoire pour trouver des indices sur là où elle est née. Elle scrute des photos dont je ne soupçonnais pas l'existence, et on y voit ses parents enlacer des bébés. Elle ne retrouve rien.

À Corfou, je lui téléphone depuis un café de la ville. « Achilleion, elle me dit. C'est ça le nom. Ça m'est revenu. » Je demande au serveur s'il connaît un endroit du nom d'Achilleion, ici à Corfou. Il connaît. « Il faut prendre la route de Lefkimmi, par la côte. C'est à Gastouri, un village en hauteur, en retrait de la mer. Vous verrez les pancartes. »

Nous partons. Très vite, en effet, Gastouri est indiqué. Et puis tout aussi vite, et en lettres dorées : L'Achilleion. On arrive au village où cet Achilleion est facile à trouver : c'est un palais de marbre blanc, immense. Une file de touristes patiente devant un guichet. Écrit sur un panneau : cette vaste demeure a été construite pour l'impératrice Sissi. De nouveau, je téléphone à ma mère : « Tu t'es trompée, j'explique. Tu ne peux pas être née ici, parce que ici, c'est le palais de Sissi Impératrice. Peut-être tu es juste née à Gastouri ? » Pendant que je lui parle, nous prenons des tickets et nous entrons. Me voici dans le parc, et ma mère demande : « Y a un grand jardin à la française avec des buissons ronds ? » Oui. « C'est tout en marbre blanc et ça fait trois étages ? » Oui. « C'est blanc, mais on dirait que c'est bleu, on dirait que c'est rose ? » Oui. « Y a des colonnades à l'entrée principale ? » Oui. « Le sol est gris et blanc avec des grandes dalles carrées ? » Oui. « Va dans le vestibule. » J'y vais. « Y a dix femmes qui volent dans le ciel sur le plafond peint ? » Oui. « C'est là que je suis née. Ma mère me l'a décrit. Et dis-moi… est-ce qu'il reste des gens ? »

À la sortie, un guide me confirme que le palais a servi d'hôpital pendant la Première Guerre mondiale, et qu'après, on y avait longtemps accueilli les immigrants en partance vers l'Europe ou les États-Unis. Des Arméniens, surtout.

On m'avait fait sortir de la chambre. C'était l'heure d'un soin. J'arpentais le service. Je n'aimais pas beaucoup passer de porte en porte, apercevoir des scènes dont je ne voulais pas avoir à me souvenir. Gens qui tournaient en rond. Femmes échevelées qui marmonnaient. Ces images-là.

Un homme attira mon attention : il avait un ordinateur posé sur une tablette, devant lui. C'était la première fois que je voyais une personne aussi âgée en utiliser un dans ces endroits. Il remarqua mon intérêt. « Entrez donc... », me dit-il. J'osai sa chambre, non sans me demander si j'en avais le droit. Sur son lit, le couvre-lit était écossais. « C'est un tissu indien », me dit-il. Et il ajouta, facétieux : « C'est ma touche personnelle. » À la façon dont il s'exprimait, on déduisait qu'il était habitué au langage. « Pourquoi vous êtes ici ? » je demandai, comme si, ici, ce ne pouvait pas être un lieu pour les gens dans son genre. « Je me suis cassé les deux jambes en sortant du travail. Une voiture que je n'avais pas vue. Tout le monde ici est rompu, vous vous imaginez bien. » Et moi : « En sortant du travail ? », car cet homme semblait plus âgé que ma mère. Et lui : « Je suis psychanalyste, mais j'ai quatre-vingt-dix ans. Mais c'est votre présence à vous qui devrait étonner, non ? » J'expliquai que je venais pour ma mère, qu'elle était dans la chambre à côté. « Que pense-t-elle de cet établissement, votre mère ? » demanda-t-il. Je répondis : « Que c'est là où l'on va quand on n'a pas le choix. » J'étais debout à quelques mètres de lui. Maintenant que nous nous parlions, je percevais mieux la belle physionomie, sous les rides, le cheveu hirsute, les pantoufles, la déchéance de la robe de chambre mal nouée. « C'est fou le nombre de fois où on a le choix, me dit-il, et finalement on ne s'en sert pas. Mes patients, vous voyez, seraient presque tous capables de bouger. Non, vraiment, je le comprends ici : eux, ils ont le choix, ce n'est pas mon cas dans cet endroit. Mais croyez-vous que ça leur serve à évoluer ? Non, ils restent ligotés dans un couple qui foire ou bien ils restent à la traîne en queue d'Œdipe, ou que sais-je encore ? Au lieu du sentiment, un ressentiment interminable les mine. Ils en sont à considérer leur colère comme un progrès. Et le choix, tout ce temps, ils l'ont. Ah, quand je vais reprendre le travail, je vais les malmener ces satanés vivants ! » J'objecte : « Mais est-ce que chacun ne fait pas ce qu'il peut ? » Il rabat brutalement le couvercle de son ordinateur : « Non, c'est ici l'endroit où il ne reste aux gens que ce qu'ils peuvent faire. »

J'apprends à ma mère qu'à côté d'elle, il y a un prodigieux psychanalyste. Elle me louche un regard bourré de suspicion. Pour me passer l'idée, au cas où je l'aurais, de la coller chez le psy, tout ça parce qu'elle est âgée, fatalité si naturelle.

Un ami me dit : « Moi, une fois vieux, je voudrais qu'on me pique. » Il a une idée, pour que son expérience intérieure soit utile à l'humanité : « Ils devraient tous avoir une seringue posée à côté de leur lit, sur la table, tu sais, avec leur téléphone, leur poste de radio, leur boîte à mouchoirs, leurs deux paires de lunettes. C'est eux qui décideraient, ils n'auraient pas à s'humilier à demander. » Il revient scandalisé d'une visite à sa maman, hospitalisée : « Tu te rends compte, les fenêtres de l'hôpital ne s'ouvrent pas. Ils ont retiré les poignées. J'ai posé la question, tu sais ce qu'on m'a répondu ? C'est pour éviter qu'ils se jettent par la fenêtre ! Non mais merde, on pourrait quand même leur laisser ça, tu crois pas ? Si c'est ce qu'ils veulent, eux... c'est eux qui décident, après tout, on n'a pas à les forcer à vivre. Ah ça, je détesterais qu'on me dise ce que je dois faire ou ce que je ne dois pas faire. »

Ce que j'ai appris, moi : une personne âgée veut mourir, elle meurt. Et en effet, c'est elle qui décide. Cependant pas comme mon ami le croit. Elle se ventouse au lit. Les paupières baissées, elle attend ses précieux invités : les microbes, les bactéries, les souches résistantes. Grandes familles dont elle n'ignore rien (souvent, elle a soigné ses propres enfants, ou bien ses parents, ou bien elle-même). Elle reconnaît chaque convive. Elle laisse cette foule

93

pénétrer chez elle, sachant que sa maison, dès lors qu'elle abdique, ce n'est plus celle où elle a tant vécu et ne retournera jamais, la porte de chez elle qu'elle n'ouvrira plus jamais. Sa maison, c'est son corps. Là, elle loge tout le monde. Qu'ils restent pour la nuit. Restez autant que vous voulez. Et les invités s'installent, qui ne le ferait pas ? Les parasites se mêlent aux autres. Les champignons, ces pique-assiettes. On est bien dans ce corps. « Faut finir ! » clame ce corps, car le corps crie toujours les mots les plus directs. La famille réelle tout d'un coup fait des visites plus fréquentes. Dans la chambrette, les visiteurs ont l'air de sourire. Faudrait voir. Y a peut-être une bonne humeur de façade les jours de fêtes obligatoires. Cas des Noël, des réunions de famille. Bah, est-ce si important, les humeurs des uns et des autres ? Parfois, on dit la vérité une dernière fois. Quand on ne peut pas faire les boutiques, c'est le dernier cadeau qu'on puisse proposer. Oui, c'est peut-être un rien solennel, la façon dont on s'exprime. Mais ce serait quoi un cadeau sans un bel emballage ?

Un dîner, une de ces années. Bêtement, nous parlions de qui est baisable et de qui ne l'est pas. Et nous faisions des listes. J'en faisais, moi aussi. Souvent, les distractions les plus idiotes sont les plus amusantes. Moi, ça me changeait les idées. Mais tandis que chacun y allait de sa proposition et jetait un nom par-dessus la tablée, suivi par des « À fond ! », des « Ah mais non quelle horreur ! », des « Je l'ai dit en premier ! » et des « Mouais, elle, à la limite... », tandis que j'entrais dans la mêlée, ne valant pas mieux que les autres, il m'apparut que ce qu'on faisait là, eh bien c'était déshonorant en plus d'être si vide. Quelqu'un tenta le nom d'une femme qui avait plus de quarante ans, tous la répudièrent en jouant les écœurés. Au lieu de la vieillesse, ils préféraient de loin la jeunesse. Qui les en blâmerait ? Mais où ils faisaient débuter le déclin, c'était là l'effroyable : une jeune femme magnifique, ils étaient trois à l'avoir déjà connue de près. Ils n'en voulaient plus trop, elle avait fait son temps. Elle avait trente-trois ans. Je pensai à ma mère qui m'avait dit la veille : « Tu as quarante-six ans, vraiment ? Oh vraiment, tu es sûre ? Tu n'es pas en train d'inventer ça pour me faire plaisir ? Non ? Non, vraiment ? C'est donc vrai... mon Dieu, tu es jeune ! J'ai une fille de quarante-six ans ! » Elle

avait joint les mains, comme quelqu'un qui, jusque-
là, n'avait jamais mesuré son trésor.

En rentrant chez moi après ce dîner, je me disais :
« Qui appelle "défraîchie" une jeune femme de
trente-trois ans ? Et eux, si regardants, que feront-
ils, quand ce sera parti, leur jolie peau, tout ça ?
Quelle jeunesse d'une autre fille ou d'un autre gar-
çon viendra remblayer leur épouvante ? Et est-ce
que ça marchera si bien, ces trucs pour fuir la trot-
teuse ? » De manière confuse et désespérée, je son-
geai que ça marcherait, sans doute. Qu'ils auraient
toutes les chances. Et si c'étaient eux qui avaient
raison ? Et si, à la moitié de l'âge de ma mère, on
était déjà un vétéran ? Une morte, ensuite, tout le
reste du temps en attendant la fin, et si ?

Dans la rue déserte, je me révoltai contre la sot-
tise en poussant un cri. Un homme en costume uri-
nait contre un mur. Il crut que je criais contre lui.
Il avait du mal à tenir en équilibre, il était ivre sous
son beau pashmina, son chapeau élégant. Et je me
demandai si c'était une mère ou la connerie qu'il
fuyait, lui.

Nous regardons des photos. C'est la première fois en dix ans qu'elle ouvre cette boîte. Dans le couvercle, durant mon enfance, elle gardait, même pas cachée, au contraire bien en vue sous un film plastique, la photo d'un homme qu'elle avait aimé. « Elle est où la photo de Marcel Vincent ? » je demande. « De qui ? » elle me répond. Je lui rappelle qu'elle a aimé un homme, avant mon père. Qu'il était catalan et peut-être alsacien. Oui, elle s'en souvient. « Tu te rends compte, elle me dit, l'âge qu'il aurait... Il ne m'a pas quittée, c'est moi qui me suis rendu compte. J'étais allée chez lui, un jour, et il avait dû sortir pour faire une course. Sur une table, j'ai vu une lettre. Il était en train de l'écrire. Elle était cachée sous un foulard. Tu sais que j'ai en horreur, ah ça j'ai en horreur cette manie que les femmes ont d'espionner des hommes. Je me suis juste penchée parce qu'il me semblait lire mon prénom au début de la lettre. Oui, c'était mon prénom. Si c'était mon prénom, ça changeait la donne. Une lettre que l'on t'adresse, tu as bien le droit de la lire. J'étais touchée qu'il m'écrive. On dira tout ce qu'on veut, l'écrit a mine de rien une autorité. Donc je lis la lettre, et ça dit que ça m'aime, que c'est si bon de m'épouser. Je suis à la fois et contente et perplexe. On n'a jamais parlé de mariage. Il dit que c'est une bonne idée de se marier à Lyon, en plus. Et qu'il est pressé de quitter Paris. Lyon ? Pourquoi Lyon ? Pour te résumer : il épousait une femme qui portait mon prénom. Je me suis assise sur le lit. J'ai attendu, la lettre à la main. Il est revenu, il m'a vue, il a changé de couleur. Il a dit : "Cette femme a de l'argent, elle peut me faire une situation." Tu te rends compte qu'à l'époque on tenait des propos pareils ? Moi, je suis sortie de là en me sentant la plus pauvre des pauvres. Je n'avais pas de richesses, et en plus ce jour-là je perdais ma fortune, l'homme que j'aimais. Oh là là, le vieux que ce doit être, aujourd'hui ! Et attends, et attends : s'il est encore vivant ! Imagine-toi que si je le voyais, je crois bien que je ne le reconnaîtrais pas. C'est pas l'amour qui meurt, c'est même pas le désir. Je vais te dire : ce qui meurt, c'est ce à quoi on ressemble. »

Elle m'appelle. Elle a envie de quelque chose et elle voudrait que je l'aide à retrouver quoi. C'est en rapport avec des huîtres qu'elle a dégustées hier. Elle pouffe de rire tellement c'est idiot de ne pas se souvenir. J'énumère. Du pain ? Du pain de seigle ? Mais non ce n'est pas ça. Ce n'est pas du beurre, non plus, « Ce serait mal me connaître », elle dit. Bien sûr, on fait le tour : est-ce que ce serait du vinaigre avec des échalotes (elle adore). Pourtant, ce n'est pas encore ça. D'autres fruits de mer ? Non. À bout d'arguments, je demande : des concombres ? Elle m'avait raconté un jour qu'à défaut d'huîtres, on pouvait manger des concombres, qui avaient les deux la même odeur à la fois fraîche, aqueuse et salée de la mer. « Mais non pas des concombres ! » elle s'insurge. J'ai le sentiment de jouer à ce jeu d'enfant où on te dit « Tu brûles » ou « C'est froid ». Et elle, elle se désespère de sa tête éparse. Un bref instant, diversion, on parle de sa mémoire. « Ah, celle-là... je la perds », elle prévient. Je propose qu'on considère son cerveau, non pas comme un écrin qui se vide, mais, au contraire, comme un endroit riche et relié aux événements de son parcours, sen-sations, agréments, dossiers classés, amours, décep-tions dépassées, faits marquants, surprises, aventures, mésaventures, exultations, récits. Je fais valoir que cette luxuriance en elle, eh bien c'est ça qui fait qu'elle ne se souvient pas. Parce qu'une chatte n'y retrouverait pas ses chatons, devant tant d'éléments.

Regard ardent de reconnaissance : « Tout ça ne nous dit pas de quoi j'ai envie et qui est lié aux huîtres. » Et elle ajoute, illuminée par un fragment de souvenance : « C'est quelque chose qui a de la valeur, mais quoi ? » Je demande si c'est son collier de perles. Elle secoue le menton. Maintenant, ses petits poings serrés l'un contre l'autre, des gants de boxeur, elle est concentrée au-delà de la cogitation. « Mon Dieu, ce que ça m'énerve d'oublier l'élémentaire. » Et : « Écoute, je t'appellerai quand je m'en souviendrai. »

J'ai mon manteau sur les épaules, je suis déjà de dos en partance, et j'entends : « Ah, ça y est, ça me revient. J'ai envie de manger une tranche de foie gras. »

Les yeux, qu'elle avait marron, s'éclaircissent. Autour de la pupille brune, délavée, tirant sur l'ambre, l'anneau bleu ciel s'élargit, il est celui d'une planète dont, en se rapprochant, on distinguerait des détails insoupçonnés. On me dit que cette décoloration est une des pathologies de l'âge. Tant mieux qu'il y en ait de belles. Et avec ces yeux-là, qu'est-ce qu'elle fait ? La vue par la fenêtre. Elle guette qui entre et sort de la pharmacie, devine si le fleuriste est de bonne humeur, repère avec un instinct qui vaut les meilleures jumelles s'il a des capucines. Elle feuillette les magazines. Les stars d'antan méconnaissables, elle les confond toutes. Les jeunes très célèbres mais inconnues d'elle, elle les confond toutes. Elle regarde la télévision. Elle en saurait plus que moi sur la marche du monde si elle pouvait se souvenir de ce qu'elle regarde. Elle déclare, porte-parole : « Heureusement qu'il y a la télé pour les personnes âgées. » Sauf que c'est un drame quand sa télécommande tombe par terre : eh oui, comment éteindre, quand elle en a par-dessus la tête de cet amusement forcé ? Ce qu'elle guette : les disputes. Si quelqu'un quitte le plateau d'une émission, elle me téléphone, comme s'il venait de sortir d'une pièce pour aller dans la mienne. Quel que soit le sujet, elle aime bien si les gens s'écharpent. Enfant, je ne supportais pas les accrochages. Elle et mon

101

père haussaient le ton, elle lui distillait des horreurs et lui, d'épouvante, se levait de table et allait vomir son repas, moi je hurlais : « Arrêtez de vous disputer ! Arrêtez ! Arrêtez ! » Le culot de ma mère, alors : « Mais on ne se dispute pas. On DISCUTE. » Elle me dit la même chose, là, d'une émission de télé où c'est le pugilat. Un loukoum à la main, elle, elle compte les points.

Une fois, pendant un court séjour à l'hôpital, service gériatrique, elle se faisait cette réflexion que plus les gens sont vieux et miro, à l'hôpital, plus leur téléviseur est petit. En plus, accroché au plafond telle une caméra de vidéosurveillance, sale et gris, avec le plâtre du mur enlevé, aux endroits où on avait tant bien que mal réussi à le fixer. « Ça donne pas envie. Tant pis pour eux », elle disait. Comme si ces patients disponibles du centre médicalisé constituaient un audimat de choix, crucial, hyperconsommateur, que le monde des médias serait bien avisé de contenter.

En partant, je pensais : peut-être qu'à mon époque, plus tard, dans les hôpitaux, on aura des écrans qui prendront le mur entier. La surface des murs ne sera plus saumon, mais blanche, et dessus les images désirées défileront. Par une webcam, on pourra observer les gens qu'on aime en train de déjeuner dans un parc. Et on leur parlera. Et ils nous entendront.

Je n'oublierai jamais, parlant de ce regard, celui qu'elle appuya sur moi un soir, c'était Noël. Dans le couloir, le personnel avait scotché des guirlandes. J'avais apporté du caviar, un pot minuscule, je l'avais posé sur une nappe blanche, et j'avais débouché du champagne. Le regard de ma mère en réalité était déjà posé sur moi, mais j'étais occupée à arranger la table et je ne remarquai rien. C'est après, quand je poussai le caviar vers elle, au lieu de la trouver déjà la main tendue, je vis que ses deux mains, elle les avait glissées sous ses draps, et je compris, à son impassibilité si nette, qu'elle ne les sortirait pas. Qu'elle ne mangerait rien. Je lui posai une question à propos de son appétit, elle ne répondit pas. Son regard était le roulement à bille d'un mécanisme, il me suivait dans la pièce où j'essayais de fabriquer la joie. Il y avait une demande dans ce regard. Ou une peur qu'elle se faisait. Au début, je parlai, je déballai les cadeaux que j'avais apportés. Je montrai la belle liseuse rose buvard, sans oser m'approcher pour la lui faire toucher, tant ce regard électrifiait son lit. Je montrai les mocassins de daim, souples, ceux de ses rêves. Mais ses rêves, où étaient-ils, ce soir-là ? Bientôt, j'eus fini de dépecer mes merveilles, un silence s'installa. Se produisit ce que depuis le début je tâchais d'éviter : je levai les yeux vers elle, et elle m'attrapa l'âme avec son désespoir, sans un mot. Il n'était plus temps d'inventer un sujet de conversation. La vérité qu'elle m'injectait me donna trois cents ans de fatigue. Je voulais pleurer. Je me retenais. Elle, à sa façon, elle sanglotait. Aucune larme ne sortait, mais elle avait bien trop de salive dans la gorge pour que ce soit honnête, je remarquai que sa glotte ténue marquait les secondes. Tant et si bien qu'au bout d'une heure peut-être de ce supplice, après que j'eus demandé, par des phrases plombées, si elle se sentait mal, si elle était démoralisée, si elle avait le blues à cause de Noël, si elle aurait faim demain, si elle aurait faim un jour, je finis par me lever. Elle tourna la tête vers le mur. Je repris les cadeaux pour ne pas qu'ici on les lui vole. J'avais échoué en tout.

Ah, il m'a été difficile d'admettre, au long de ces années, qu'une vieille dame a droit au découragement.

Sur le balcon, dans le Midi, un jour elle observait un papillon. Moi, je suivais la scène depuis l'intérieur de la maison, plus sombre. Dehors, la créature, bleu pâle, était gansée de blanc. Même moi je le voyais, ce papillon. Mais puisqu'il était ainsi, azuré, s'il partait vers le ciel, il disparaissait dedans. Elle le cherchait avec l'instinct d'une aveugle. Elle le cherchait vraiment comme on guette un miracle, en crédulité irraisonnée, et lui il revenait. Il voltigeait au-devant d'elle. On aurait dit, à la façon dont il tressait l'air, agité, virevoltant, et aussi à la façon dont elle suivait tout ça en bougeant le menton, que lui il écrivait, et que, elle, elle lisait ce qu'il écrivait. De temps en temps, il se posait sur la rambarde du balcon. Elle se penchait, pour se faire une idée plus précise de la bestiole. Je n'avais pas souvenir de ma mère aimant les bêtes, ni de l'une d'entre elles l'ayant jamais intéressée, à part les moustiques, la nuit, mais bon ça ne compte pas pour de l'amour. Avec le temps, elle avait même développé une phobie des insectes, au sens où le moindre pétale tombé sur le parquet, à Paris, elle le prenait pour une créature rampante et noire. On avait beau lui dire : « C'est rien, ça », il fallait dire ce que c'était exactement, une feuille d'eucalyptus, et venir la montrer, dans le creux de notre main, et par prudence elle se crispait. Une mouche chez elle la tourmentait.

Pas de fascination. Ça venait de loin. Sa mère aussi ignorait le règne animalier. À l'époque où j'apprenais l'arménien, sur ce même balcon du Midi dont je suis en train de parler, un soir je demandai à ma mère : « Comment on dit "abeille", en arménien ? » Elle y réfléchit pendant quelques secondes, elle me répondit : « On dit pas. » Elle osa nous soutenir qu'il n'y avait pas d'abeilles en Arménie. Donc, moi, je demandai : « Quand ta mère, en France, voyait une abeille, qu'est-ce qu'elle disait ? » C'était une colle. Elle fit le geste de désigner dans l'air une abeille, pour se remettre en condition. Et elle finit par annoncer : « Quand maman voyait une abeille, elle disait *Nayé* (regarde)... mouche ! » Voilà la connaissance rudimentaire des animaux dans sa famille. Pourtant elle était là, pâmée devant le papillon. J'allai sur le balcon. Elle me montra les ailes bleues. De près, lui était beau, et ma mère, renversante : une sibylline mélancolie enluminait ses lèvres. Elle avait une question à me poser : « Combien de temps tu dis que ça vit, un papillon ? »

Une photo d'elle et de mon père. Saint-Tropez, Sénéquier est dans leur dos. Ils sont carbonisés de bronzage, à une époque où on ne se méfiait pas du soleil. Bras dessus, bras dessous, car ils s'enlaçaient dès qu'on voulait les photographier. Elle se reconnaît à peine et demande si ça ne serait pas plutôt sa copine Pierrette, la jolie femme qui est là. Son œil facétieux me guette. Elle adore me faire croire qu'elle perd la tête, ça lui permet de planquer, plus tard, les vraies brèches de sa mémoire. La photo a des couleurs fascinantes, saturées. Ce n'est pas le passé dépoli de nos aïeux. Lui, mon père, son pantalon beige claque, il est vanille. Cet homme est fin, long, des jambes et des bras interminables, il n'a que la peau sur les os : elle avait été choquée par sa maigreur au début de leur intimité. Elle, à ses côtés, est trop heureuse de faire la belle dame. Ils sont là. Un couple.

Je viens d'eux.

De sa candeur à lui, de sa probité qui m'avait fait dire une fois à un homme que je venais de rencontrer, c'était notre deuxième rendez-vous : « J'ai eu peur que vous ne soyez pas intègre. » Cher père, innocent et canaille. Je viens de sa bonne volonté. Du désir qu'il avait de se divertir avec sa femme, au cas où ce serait possible. Sa faculté à entrer en contact avec n'importe qui, sur une aire d'autoroute, en nageant vers les grandes bouées, en relaçant ses sandales sur un ponton, dans une auto-tamponneuse, une prostituée avec laquelle il avait sympathisé au bois de Boulogne, persuadé qu'elle était horticultrice et que c'était pour ça qu'elle arpentait les allées verdoyantes, pour recenser les fleurs des villes. Je viens de lui, oui, lui me disant : « Ce qu'elle avait de beau, ta mère, le jour de notre rencontre, c'est qu'elle respirait. »

Et puis, je viens d'elle. De son goût pour les hommes qui en jettent. De Musset qu'elle me récitait. De « Et nul ne se connaît tant qu'il n'a pas souffert... » qui a bercé mon enfance. De son premier chagrin d'amour. De ses cris dans la neige à La Clusaz, Haute-Savoie. Nous n'avions pas d'argent. Les forfaits, le matériel, tout coûtait une fortune. Elle me faisait descendre les pistes mieux qu'à ski, en gigantesques enjambées. Si on tombait, on ne se faisait pas mal.

Un dimanche, Charles Aznavour à la télévision. Je le regarde quelques minutes avec elle, pour lui faire plaisir. Lui et ma mère sont tous deux arméniens, nés la même année, à un mois près, parisiens depuis l'enfance, même groupe d'amis dans leur jeunesse, même tentation de poésie, même humour, même toquade délirante d'être universel et français, et arménien seulement après. Mêmes yeux. Jadis, elle le jugeait trop petit, sauf que là, fin de vie, il est plus grand qu'elle, parce que plus alerte, plus actif. Ça lui fait drôle de le voir gambader sur scène alors qu'elle, elle tient à peine sur ses jambes. Puisque, autrefois, il s'est fait refaire le nez, elle suggère qu'il pourrait tout aussi bien s'être fait refaire les hanches. J'objecte qu'elle est injuste. « Pourquoi il tombe jamais ? » elle me rétorque. Cette question est ancrée en moi, en fin de compte.

Un jour, après un concert d'Aznavour, une amie arménienne et moi nous sommes allées le saluer dans sa loge. On nous a fait entrer. Nous, au lieu de nous pendre à son cou, on a plutôt fait une génuflexion grandiloquente en l'appelant « Maestro ». « Ah, arrêtez ces âneries ! » il a dit. Car justement, il s'était trouvé faible, ce soir-là. Il avait sauté moins haut que d'habitude. « J'ai mal au dos », il geignait. Il avait failli trébucher sur scène. Il avait un corset qui lui tenait les hanches. Il souleva sa chemise pour

109

nous le montrer. En plus, il était grippé. On avait essayé de le complimenter sur son talent en général. Peine perdue. Il était, à quatre-vingt-cinq ans, au-delà de toute fausse modestie. Son adresse à exprimer l'amour, elle était là, c'est tout. Il le savait. De ça, il était sûr. Moins sûr de son dos, et il ne pensait qu'à ce point de servitude au niveau des lombaires. Le lendemain, je courais chez ma mère lui révéler que décidément il était bien comme elle, semblable en tout, en tout, avec des douleurs au bas du dos, une pudeur orientale, une dignité, des mains veloutées, notre âme. Et malgré un corset, lui aussi tanguait.

Pourtant j'avais beau dire, elle se retrouvait de moins en moins dans celui qui était devenu un si important bonhomme. Douleur ou pas douleur, corset ou pas corset, lui serait immortel.

Oh je les repère d'instinct. C'est une cuvée : ses contemporains. La génération de ma mère comptait encore dans ses rangs des personnes à l'indiscutable élégance. Leur grâce ne sera plus bientôt qu'une archive. Un soir, dans une brasserie parisienne, il est juste à côté de moi tandis que je parle avec un ami. L'ami, mieux disposé de la place où il est, pour le voir, se penche vers mon oreille et me chuchote que l'homme à ma gauche est très vieux et d'un raffinement fou. « Ah tu peux pas t'imaginer, ajoute-t-il, c'est un ensorcellement... » Je le sais déjà, car je le répète : je les identifie à l'aura. Je tourne la tête. Il parle avec une jeune fille. Il est dans son costume beige. Tout maigre. La chemise bleu ciel. La cravate écrue. La pochette fleurie. Les ongles longs, manucurés. Son profil dévasté, mais de chef d'orchestre, le soulève au-dessus de notre condition. J'entends sa voix. Il a un accent, peut-être libanais ? Je lui pose la question. Il me fait deviner : il est chrétien de Syrie. Il est avec sa petite-fille. Il a évidemment l'âge de ma mère. Il s'appelle Philippe. Il vouvoie sa petite-fille. Elle l'appelle « grand-père ». Splendide gosse. Elle étudie l'architecture. Elle est logée chez les Ursulines. Je plaisante sur ce thème. Il me demande si je connais Damas. Il roule les *r*. Il a vu des guerres, des vaincus et des vainqueurs, des émirs, des sultans, des monarques, des papes, des colonels, des despotes, des bergers de la nation. Il a vu le général de Gaulle et la fin d'une civilisation. Il attend la nouvelle, espère avoir le temps d'en goûter la valeur, persuadé qu'il y a dans l'homme un saphir en lequel il faut croire. Il marche sans canne, me dit-il. Il évalue qu'il peut vivre encore plus de vingt ans : « C'est plus qu'il n'en faut, si l'on y songe, pour jouer, apprendre, et se déprendre. » Au cours de la conversation, s'il pense que j'ai raison, et il le pense car je fais allégeance, je déploie ce qui est valeureux et féminin en moi, il pose sa main sur la mienne. Mon Dieu, comme j'apprécie le contact des hommes. Il me transmet des siècles d'assurance masculine, de femmes qu'on s'approprie par la sûreté du geste.

Mon ami et moi sommes abasourdis devant tant de force. Il est indestructible. Même en raisonnant, on ne conçoit pas comment il pourrait faiblir. La flamme est si ardente. Nous le regardons se lever et partir. Sa petite-fille, sans le toucher, fait un cercle de ses bras autour de lui, pour prévenir tout danger. Et mon ami et moi, cela nous saute aux yeux : elle est la canne invisible dont il croit se passer.

La fin de l'hiver : véritables trouées de ciel bleu. Je m'arrête dans la rue pour tendre mon visage au soleil. Je ferme les yeux. La chaleur traverse. Ça me tranquillise les paupières, ôte ce que j'ai vu. Mon cerveau est un puits, un seau d'espoir et d'air cru y descend directement du ciel. De nouveau, des nuages. Le gris revient. Ce n'est pas grave. Où que je sois, je boirai la lumière. Mes amis partent en vacances les uns après les autres. Ils envoient des photos qui parlent à ma fatigue. Une est à Istanbul, deux autres à l'île Maurice, une autre avec ses filles à Venise, ce matin quelqu'un m'a téléphoné de Rio de Janeiro afin que je dise quelle couleur de sandales j'aimerais. Les gens vont et viennent, c'est bien normal. Seule moi je reste, en ce moment. Je donnerais cher, mais toutefois pas la vie de ma mère, pour être sur la plage de Sperlonga, près de Rome, au printemps. Là-bas, les oiseaux gesticulent en prévenant qu'on a six beaux mois devant nous. Le matin, la plage scintillait, et le soir, le sable était un daim à arpenter les tongs à la main, à l'heure de gagner le village. À Formentera, le matin au café nous lisions le journal. Il y a l'âge où l'on peut partir. Où une semaine d'absence vaut pour un jour. Où on affirme que ça ne vaut pas la peine de partir si c'est pour une semaine. Où on joue avec les ponts, les fêtes nationales. Où chaque date fériée est un

113

temps bourré de possibilités. Où la tête est hors de l'eau. Moi je nage dans les profondeurs, un roseau dans la bouche, c'est pour attraper de l'oxygène. Des formes silencieuses qui bougent au ralenti dans le fond de cet océan : la vieillesse. Je ne veux pas donner l'impression de m'en plaindre. J'ai plus appris là, ces temps-ci, en m'oubliant, qu'autrefois quand je pouvais faire selon mon bon vouloir et me trompais sans cesse. Et sous l'eau, bien au fond, j'ai trouvé des trésors pour lesquels les aventuriers paieraient des fortunes. Même pas pour les garder pour eux, rien que pour être là quand on les découvre. Faire partie de l'aventure.

Pourtant, j'appréhende. J'ai peur, le jour où je pourrai voyager autant que je le voudrai, c'est-à-dire le jour où je retrouverai la plage, non pas qu'elle ait changé, mais que l'ombre de mon corps sur le sable, vers 19 heures, ne soit plus aussi idyllique.

Le jardin où elle m'emmenait enfant, à l'orée du bois de Boulogne. « Le rond », on appelait ça. Parce qu'un gigantesque bac à sable y formait une bulle en son centre, presque un petit lac, et les arbres roses étaient disposés en cercle autour. J'y ensablais les roues de mon vélo. À présent, j'y fais rouler son fauteuil. Elle me montre le banc où elle a rencontré jadis son amie, Bouboute. Bouboute avait chuchoté à son fils, en désignant mon frère : « Va jouer avec l'enfant là-bas si beau. » Ma mère avait entendu. Elle savait qu'avec la beauté de mon frère, elle avait de quoi séduire l'univers entier. Pendant quinze ans, les deux amies n'avaient pas quitté le banc. Elle veut se mettre encore en plein soleil. Deux minutes plus tard, elle veut qu'on aille à l'ombre.

Les arbres aux fleurs crémeuses sont toujours là, il y a autant de pétales sur les branches que sur le sol, j'installe ma mère dans cette paisible dragée. Elle est bien. Elle observe les quelques gamins qui jouent. On est en semaine. Trois vieilles personnes se chauffent au soleil. Un homme de quarante ans, sa veste sur le banc, les manches retroussées, le col ouvert, mange un sandwich. Ma mère adore. Assister calmement au monde est son nouveau privilège. Ne plus être reléguée dans son appartement. Elle a peur que je m'ennuie, assise auprès d'elle. C'est vaguement le cas. Elle me dit : « Va acheter des bonbons au kiosque et reviens. » Je blague sur le fait que je ne suis plus une enfant, moi des bonbons je n'en mange plus. Elle dit : « Mais non, c'est pour moi, les bonbons ! » Elle dit : « Prends mon porte-monnaie. » Aucune de nous ne mentionne cette réalité de mon argent qui la fait vivre. Je vais au kiosque, j'achète des boules de gomme molles pour elle et un sachet d'amandes nature pour moi. Évidemment je reviens et elle veut goûter les amandes. J'explique que ça va être trop dur pour elle, elle n'arrivera pas à mordre dedans. « Montre », elle dit. Une amande, elle la prend, elle la retourne, elle la détaille et hop elle la jette dans sa bouche, enchantée. Bien vite, elle se rend compte que j'avais raison. Je lui tends un Kleenex et elle recrache l'amande, intacte. « Comment tu fais pour manger ça ? » elle me demande. Je réponds que je croque. « Ah oui, croquer... » Voilà encore un de ces anodins parcours de jeunesse qu'elle ne fera plus. Elle ajoute, bien face à moi comme pour toutes ses communications officielles : « Croquer la vie à pleines dents... »

Si je tombe malade, elle arrête de manger. Je passe lui faire la morale. « Ma fille ! » elle gazouille, du fond de son lit. Rien qu'au son de ma clef dans la serrure. Elle la tente optimiste, au cas où ça pourrait miraculeusement me guérir. Moi, je préviens que je ne peux pas rester longtemps, que je suis contagieuse. Elle, elle me reproche d'avoir mauvaise mine, et la raison que de nouveau j'invoque, ma crève, ne lui plaît pas du tout. Elle m'examine plus attentivement, elle décode mes cernes, mes cheveux mal mis, le poids qu'immédiatement je perds, et je la sens désarmée, c'est moi son glaive pour affronter le destin. Je suis la force, je ne peux pas être la faiblesse. De quel droit suis-je malade, moi la jeunesse ? Sa tête de coucou émerge des couvertures, elle n'ose formuler le balbutiant reproche. Je sais qu'elle pense que c'est sa faute si je suis fatiguée, la faute à son existence. Je le sais car elle dit : « Mais moi, qu'est-ce que j'y peux ? » Je la rassure. Elle demande si je suis heureuse en amour. Si je fais des efforts avec les hommes. Comme si c'était le moment ! Et alors que je suis là, avec mal à la gorge, une migraine à se tuer, des frissons dans l'échine, et ma nuque une stalactite, elle tergiverse sur les hommes. Est-ce que j'ai bien compris que les hommes... ? Sa rhétorique tourne autour de cette question étrange, laquelle se suffit à elle-même.

117

Je crois qu'en réalité, ce qui se passe, c'est qu'elle ressent ma solitude. Elle sait que je me plie en dix-huit pour la servir. À présent nous avons sa sœur aînée, aussi, qui est à l'hôpital, et dont nous sommes la seule famille. Je fais la navette entre les deux. J'ai mon travail, mes vieilles dames, mes amies à épauler parce qu'il serait aberrant de me confier à elles sans donner en échange. Par-dessus le marché, je tombe malade.

Il faut que je guérisse. Et vite. Car sinon, ne la sous-estimons pas, si elle devine que je prends sur moi, je ne me fais aucune illusion, elle rassemblera ses données et ses maigres pouvoirs, et sans l'ombre d'une hésitation, par amour, elle mourra à ma place.

Mon travail. Les défilés de mode, du matin à la nuit durant douze jours d'affilée, et le samedi et le dimanche aussi. Ce n'est pas le temps que ça prend, c'est qu'il faut s'y immerger, ne plus penser qu'à ça, ne plus parler que de ça, ressentir la suprématie de ça, sans quoi ce qu'on y voit est vide de sens. Je préviens ma mère : je ne pourrai pas beaucoup passer la voir. Elle est dans un centre de soins de suite. Le premier matin, je pars de chez moi arrangée pour être reconnue de ce monde de la mode où je travaille. Mon pantalon presque du soir, mes talons, deux énormes colliers me font un plastron, et je porte une sorte de chapeau melon. Dès que c'est possible, je laisse mes collègues. Je me précipite au centre de soins de suite. Dans le hall, ma tenue est déjà insolite. Là-haut, elle est une erreur. La façon dont je suis habillée n'a rien de fonctionnel, c'est là ma faute. Non pas que j'aie à accomplir quelque tâche, mais toute présence ici est un processus, une position, un rang à tenir. À l'entrée de la chambre, il faut se désinfecter les mains et passer une blouse sanitaire. Triple surprise de ma mère : d'abord, je suis venue malgré ma vraie vie. Ensuite, la blouse aberrante. Et enfin, mes vêtements par-dessous. Elle remarque qu'ils sont noirs, grotesquement stylés. N'ose faire la moindre remarque car c'est si gentil que j'aie fait le déplacement. Elle me demande

119

quelles sont les tendances, si j'ai vu de jolies choses. Je décris les robes. Elle les veut. Tout lui ira. Très vite, elle me conjure de partir, un côté passionnant de la ville m'attend ailleurs. « Cours vite », elle dit. Je sors de là, je croise un aide-soignant. Il blague sur la façon dont j'ai ficelé ma blouse : « Vous l'avez mise à l'envers, Jean-Paul Gaultier. » Oui, il ironise. Oui, je suis ridicule ici avec mes habits que la mode, ce matin, remarquait à peine.

Le lendemain, je prends soin de m'habiller plus simplement. Cachée dans un gros lainage, je parais dix ans de plus mais je suis abritée et je suis si fatiguée. Les défilés, l'hôpital, les défilés. Le soir, une obligation mondaine pour mon travail. Il y a là deux cents personnes bravant un froid glacial, jambes nues. Les hommes, presque tous gays, soucieux d'eux-mêmes, divins aussi pour cette raison-là, tous avec le bon foulard, les bonnes nuques, la bonne netteté. J'espère que personne ne me remarquera sauf que chacun me dit bonjour. Pour finir, un camarade vient vers moi et me dit : « On raconte que ce soir tu fais un tantinet démodée. »

Je ne vois vraiment aucune solution.

À Londres pour mon travail. Je l'avais au téléphone matin et soir. Elle demandait pourquoi je ne passais pas, maintenant, tout de suite, d'un coup de voiture. « Avec tes grandes jambes », elle disait. Je rappelais que non, ça c'était impossible, que j'étais là-bas sur une île dans un autre pays, une autre ville. « Ah oui, c'est vrai... », elle se souvenait. Elle ajoutait : « « Excuse-moi... » Ce n'était pas une susceptibilité, oh non, c'était son malaise d'avoir oublié la réalité. Je promettais de lui rapporter des boîtes d'After Eight, un pull de chez Marks and Spencer qui aurait les couleurs pastel des bonbons anglais. Hélas, ce qui avait si longtemps fonctionné, la promesse des offrandes, se heurtait à sa fragilité en essor, à cette idée que ma présence était le plus beau des cadeaux.

Donc à Londres, moi j'étais assise, loin des autres, dans le sombre, avant un défilé de mode. On avait aménagé cet endroit, un entrepôt en temps normal, pour la féerie d'un show. Toutes les joies préparées sont pathétiques. Un bar éphémère avait été improvisé dans une salle adjacente, j'entendais et entrevoyais la rumeur d'une faune par là-bas. Nous étions quelques-uns déjà assis. La voix de la Callas emplissait l'obscurité. Une jeune Asiatique dépiautait ses mails. Un fêtard était allongé sur une banquette. Un homme anglais, costume impeccable, une coupe de champagne à la main, avait les yeux fermés. La mélancolie de la Callas. Le créateur Alexander McQueen venait de se suicider, la veille de l'enterrement de sa mère. Il y avait un mur couvert de messages manuscrits. C'étaient des mots d'adieu que les gens de la mode avaient punaisés là. Des « J'espère que tu es plus heureux maintenant », des « Tu vas nous manquer, tes robes ne suffiront pas », des « Je t'aimais, inconnu », et un sublime « J'ignorais tout » que je venais de photographier et que, de ma place assise, je pouvais plus ou moins situer sur le mur.

La tristesse m'avait envahie dans ce hall. La difficulté à endurer retenue depuis des années. Une certitude était en train de me couper le souffle : j'allais perdre ce que j'aimais. Cette certitude me fit lâcher mon invitation, qui fila voleter à vingt mètres de moi. Je compris pourquoi ce créateur s'était suicidé. On invente, on invente, on pardonne, on se régénère, on transcende, on allège, on embellit, on dépasse, on lutte, on supporte, et un jour on ne peut plus. J'eus l'envie qu'un corps se colle au mien, vite, surtout sans me connaître. Je décédais. Avant ma mère, je décédais.

L'Anglais ouvrit les yeux. Il les avait bleu pâle, intrigués, opaques et doux comme un épiderme.

Pour désirer, il faut avoir compris à quel point, avec nos corps, on est démuni. Et oser humblement ce qui fait défaut. Après, ça va tout seul. Comment ai-je pu ignorer si longtemps des vérités élémentaires ? J'ai été celle qui avait peur de sa propre chair et se pinçait aux cuisses pour se prouver qu'elle avait raison d'être atterrée. Celle qui ne supportait pas d'avoir le moindre bouton, sous peine de rater le coche. Celle qui, un jour, éclata en sanglots parce qu'on lui disait qu'elle était une belle femme. Ce que je voulais, moi, c'était juste être une jolie fille, dans la perfection de la jeunesse.

Je voudrais crier mon erreur. Je préviens les jeunes filles, si tant est que l'expérience des uns aient jamais pu servir aux autres : ce qu'on nous propose n'est pas le désir. La pornographie piochée de-ci de-là n'est pas le désir. Le désir n'est pas plus beau que la pornographie, laquelle a son attrait. Non, le désir est en réalité plus loin dans le cru du corps.

C'est quand notre aspect s'anéantit. Alors devant la réalité, telle une bonde, monte en nous une énergie inoffensive, assoiffée, primitive, pleine de mots inaudibles. Ça s'ouvre. Ça s'ouvre enfin, c'est fou. On dira : « Il faut oser aller vers l'inconnu. » On dira n'importe quoi. Je ne détecte aucun inconnu dans ce que je découvre. Au contraire, je reconnais pour la première fois que je suis née à partir de là. Et l'obscurité, c'était avant, la survie où j'errais, les alibis que je me donnais, les théories qui en découlaient, les vertus que je m'inventais, les sages recommandations que je me faisais, le trivial éloigné de ma vue. Voilà la façon dont j'étais perdue. On m'aurait annoncé, il y a quelques années, que la dépendance de ma mère lèverait mes résistances, j'aurais été écœurée. On répugne à relier à ce point. Et pourtant, aujourd'hui, je dis : dans ce monde qui exhibe chaque parcelle d'intimité, eh bien moi j'ai pu voir ce qu'on ne montre pas. Dans cette période difficile, j'ai eu ma grâce.

J'ai des ailes à déployer. Elles sont immenses car je les fais pousser depuis si longtemps. Je ne peux plus ignorer la présence d'une force maternelle en moi, force que j'ai remplacée par l'art en pensant ainsi aimer plus large. Aller au-delà. J'ai réussi en partie. Mon travail, écrire. Vivre de ma plume, est-ce que ce n'était pas déjà utiliser un brouillon d'aile ? Quoi qu'il en soit, je suis rattrapée ces temps-ci par une féminité plus palpable. Et je prends conscience. Carrément je détecte dans mon humour, certes qu'il me vient de mes parents si drôles, certes les dépassements qu'il permet, mais aussi que se niche là, dans ma fantaisie peut-être sensuelle, la manière dont j'aurais su être une mère. J'ai déjoué les plans biologiques. J'aurais su faire rire un enfant. Et si je m'y penche plus avant, je vois que les exaltantes expériences de la maternité ont une valeur, moi à qui elles n'ont jamais manqué, moi qui ai passé l'âge. Le fait est qu'un baume est dans mes mains. Prendre soin. Je vois plus beau qu'avant ce qui a trait à l'enfance. Je croyais abhorrer le jeu. Je l'aime. La salive, les sens. Et je me demande où ira mon élan quand ma mère ne sera plus là.

Elle nous a élevés au-dessus du corps. C'est ainsi. À présent, elle me confie le sien. Ça aussi, c'est ainsi. Même mon frère, le dieu soleil de mon

125

enfance, le fabuleux aîné à qui était offert le désir de tous, admet qu'il a été éloigné des autres, comme moi. Nous avons trop été transcendés. Nous l'avons tant vénérée. Comment allons-nous faire ? Lui, sa mère amoindrie et comme moi il a mal. Déjà, il se plaint de douleurs au dos. Déjà, anxieux, effrayé de constater qu'il devra travailler jusqu'à soixante-cinq ans. Paumé les jours de pluie. Empêché par la moindre contrariété. Il attend 2012 parce qu'il a lu, soulagé, que ce serait la fin du monde. Il fait des cauchemars tels qu'il n'ose les raconter. Il crève de timidité. Il me pousse devant lui dans les hôpitaux, au motif que moi je sais parler, et reste muet derrière moi, gêné que lui et moi nous ayons seulement des vieilles dames à proposer à la science. Souriant, sans soupçonner que le sourire céleste, il l'a lui aussi. Il ne conçoit pas à quel point il est magnifique encore. Car plus importante que ses possessions, il y a sa mère et l'amour qui ne se dit pas.

Ces temps-ci, elle essaie de nous délivrer. Moi, elle me supplie d'aller vers les hommes : « Ça te ferait du bien. » La phrase qui permet l'univers.

La fois où je quitte une réunion en catastrophe. Coup de fil de ma mère, elle est en train de glisser. Elle me dit : « Je me retiens, j'ai coincé la manche de mon pull dans le bras du fauteuil, mais viens, viens… » Quelqu'un me met en garde : « Tu vois pas que c'est du chantage ? » Il y a de tels ignorants. Ce n'est pas du chantage, c'est de l'âge. Je traverse en trombe le bois de Boulogne, en grillant les feux, comme si j'étais moi-même une ambulance transportant le destin de ma mère. Les risques pris, la concentration exigée pour rouler si vite et zigzaguer entre les voitures, ne m'empêchent pas de ruminer des pensées contrariantes. Un sentiment d'injustice grandit en moi à mesure que j'accélère et me mets en marge des lois de la circulation. Pourquoi moi ? Les autres, comment font-ils ?

Je me gare juste devant chez elle et je me précipite au point d'en faire trembler la clef dans la porte. Au point de ne pas réussir à ouvrir la porte de ma mère. « C'est toi ? » j'entends, de l'autre côté. Sa voix si faible que j'en défaille. Ou bien c'est d'avoir couru. Enfin j'entre, je suis là. Elle est presque au sol, à moitié étranglée par son pull. Je la prends dans mes bras où elle s'abandonne. Je lui jure qu'elle n'est pas lourde. Je la porte jusqu'à son lit. Je me détruis le dos. Elle est dans les vapes. « J'ai cru perdre tout ce que j'ai », elle me dit. Dans le

127

lit, elle a mal au cou, mal à l'épaule, du côté du bras où elle se retenait. Elle a mal au cœur. J'apporte de l'eau pétillante. Elle boit à si petites gorgées, ça me chavire. « Merci, elle dit, merci... » Je reste auprès d'elle le temps qu'il faut, en réalité jusqu'à ce qu'elle réclame un petit porto et des biscuits apéritifs. Arrive la personne de l'après-midi. Nous racontons ce qui s'est passé. Ma mère dit : « Ma fille est apparue. » Je les laisse.

Il est trop tard pour retourner travailler. J'ai dans l'idée de m'asseoir dans ma voiture et de m'abandonner, moi, au découragement. Je me sens seule. J'ai donné ce que je voudrais recevoir. Tout vient de moi, rien ne viendra jamais pour moi. Mais le soleil se couche de tout son long dans l'avenue où je suis garée. Des rayons d'or me coulent dessus. Dans ma voiture, sidération de voir que mon volant, les sièges, le pare-brise, tout ce qui est autour de moi est rendu aussi jaune que l'habitacle d'une déesse. Je ferme les yeux. Un étrange contentement détend les traits de mon visage. Elle est vivante.

Des amis me proposent de partir en Inde une semaine. J'accepte. Trois mois avant mon départ, je prépare ma mère à l'idée. Je préviens qu'à notre époque, l'Inde est proche. L'Inde, décrite par moi, est plus avoisinante que les plages de Normandie. J'en fais aussi un pays programmé pour ma mère, bourré de bricoles à acheter, une destination qu'il serait idiot de bouder. Ce pays, c'est celui des fleurs à quatre pétales ronds, qu'on reproduit sur des étoffes. Celui des jaunes inimaginables, là encore on peut en rapporter. De même, rapportons des bourrettes de soie, des chemises longues en voile de coton, des colliers orangés. Pendant trois mois j'attends le déluge. Qu'elle me dise : « Ne le prends pas mal, mais je me sentirais bien plus en sécurité si tu restais. » Or, « Tu as bien raison ! » elle décrète. Ou : « Quand est-ce que tu pars, déjà ? C'est formidable que tu prennes des vacances. » C'est à se demander si elle comprend que je ne serai plus là. Est-ce que je parle à la femme qui, il y a des années de cela, trouvait que c'était déjà un exil mon déménagement du 16e arrondissement, son quartier, vers Saint-Germain-des-Prés, pourtant à dix minutes de chez elle ?

Mon départ se rapprochant, elle me tend une feuille griffonnée : dessus, la liste des choses à lui rapporter, en plus de celles que j'ai proposées. Il est écrit que je dois prendre ici les mesures de son édredon et faire refaire des housses là-bas en Inde dans les matières suivantes : faille de soie, bourrette de soie, shantung, piqué de coton, basin (tissu damassé à effet côtelé), et chintz. C'est bien entendu écrit que pour les couleurs, on va sur du jaune, notamment bouton-d'or et beurre-frais, et paille. À part le jaune, voici la liste d'autres couleurs possibles : le vert d'eau, le mandarine, l'abricot, l'absinthe, le bleu pastel, le pervenche, le turquoise, le vermillon, le vert-de-gris, l'opaline, et le tilleul. Un post-scriptum précise : « Si tu trouves des choses pour toi, prends en double. »

À la seconde où je lève les yeux vers elle, je tombe sur son sourire, pour l'heure farceur et fou de confiance. Ma mère disparaîtra peut-être. Ses demandes seront éternelles.

Elle s'inquiète : « Ton agacement, il est où ? » Et nous éclatons de rire. Le monde m'insupportait, c'était elle. Je me retenais avec les hommes, c'était elle. Le pouvoir que je prêtais à l'autre, c'était elle. Ce contre quoi je butais, c'était elle. L'obstacle, de toute manière, c'était elle. On en est peut-être tous là. C'est fou ce que je me suis énervée. Les amis n'avaient jamais de conduites assez héroïques à mon goût. Ceux qui donnaient leur corps, moi je jugeais qu'ils le gaspillaient. Ceux qui ne donnaient rien, je les méprisais avec autant de violence. Ceux qui s'enivraient, c'est moi qui vomissais à leur place, de mépris pour leur lamentable falsification. Mes camarades redoutaient la virulence de mes jugements. Ils me faisaient payer cher ma douceur, quand ils l'entrapercevaient. Fallait bien qu'ils se défendent. Je pouvais blesser. J'étais en rage, c'était elle.

Plus jeune (ah mais l'inintelligence qu'on a parfois), je pensais que sa disparition me simplifierait la tâche. Je me trompais, tant mieux : c'est sa vieillesse qui me libère. C'est fini de lutter. Je me souviens, rebelote, dans un de ces centres, elle avait de nouveau souhaité l'impossible. Une liste interminable. Moi j'avais apporté chaque objet désiré. Je les étalais sur son lit, tandis qu'elle les examinait à peine, car c'était moi son sujet d'étude, ce jour-là.

131

D'un sac, j'avais sorti mes miracles. Ensuite, d'un autre sac, les habits lavés, que je plaçais sur un cintre. Aussi les magazines qu'elle préférait, le *Vogue* italien, le *Elle* anglais. Je posais cinq bouteilles de rosé sur le bord de la fenêtre contre la vitre, pour qu'elles soient au frais (c'était l'hiver). Bref, je récapitulais pour m'assurer que je n'avais rien oublié. C'est alors que, d'une voix où ne pointait aucune ironie, aucun dédain, aucun ascendant, aucune cruauté, elle me fit cette remarque : « Je te demanderais de te jeter par la fenêtre, tu le ferais. »

On sait comment ça se passe. Parfois, nulle ironie, nul dédain, nul ascendant, nulle cruauté, pourtant on s'insurge, on a l'instinct de tout prendre mal. C'est en nous, c'est dans l'enfant en nous. Je ne sais pas pourquoi, j'ai eu la force d'entendre qu'elle ne voulait pas m'agresser, qu'elle essayait de me dire autre chose, de constructif, quelque chose que je n'avais jamais voulu accueillir en moi. Et moi : « Bien sûr que je le ferais. Si tu me le demandais, ça voudrait dire qu'on serait au rez-de-chaussée… »

J'eus son sourire céleste en hommage à ma maturité. Et je vis – je le jure – la paix tomber sur moi, la première main chaude de mon existence. La guerre que j'avais faite aux autres était terminée. Ce que je quémandais n'était plus quémandé.

Elle est face à ses deux petits-enfants, se pour-
lèche les lèvres. Intriguée par eux, parce que ce sont
deux inconnus à venir. Inconnus, je m'entends :
qu'elle ne connaîtra pas. Ils oublieront en partie, en
plus elle sera loin, si loin. Elle n'a rien à leur transmettre, je veux dire aucune morale, enfin, je veux
dire, rien par la parole. Elle se satisfait de savoir
qu'une érudition déjà colossale, pour ces garçons,
est de voir qu'ici, dans cette famille, on ne laisse
pas tomber une personne âgée. À la manière dont
elle surveille la pousse des enfants, elle coincée
entre quatre murs, je devine qu'ils sont la nature,
pour elle. Ils sont blancs en hiver, éblouissants l'été.
Elle n'a plus d'arbres à admirer, à part les branches
de cerisier d'ailleurs adulées, que je mets dans un
vase en face de son lit. Ceux qui peuvent sortir de
chez eux ne mesurent pas l'importance des bour-
geons. Elle, oui, elle attend le printemps, qui est
pour elle la fin du chauffage, la blouse plus légère.
Mais ça ne peut pas être que ça. Voilà pourquoi
son adoration pour les fleurs. La constance avec
laquelle elle donne ses instructions pour qu'on
change l'eau, qu'on coupe les tiges. Des fleurs
jaunes, et pour cause : elles lui servent de soleil. Et
ces deux garçons-là qui grandissent à vue d'œil, ils
sont les autres plantes. Leurs pieds si grands. « Vous
chaussez du combien ? » elle demande, éberluée. Et

ils disent leur taille et elle, elle dit : « Oh là là... »
Pour un peu, elle serait effrayée par ces plantes car-
nivores.

L'arbre que tu plantes dans ton jardin. Pour toi
ce ne va être qu'une galère de tuteurs. Mais un jour,
pour d'autres, l'acacia s'élèvera dans le ciel, où tu
seras déjà, et il fera de l'ombre à ceux de ton sang,
et toi tu n'en feras plus à personne. Tu ne seras
que lumière pour ceux qui se souviennent. Une soirée d'été, quelqu'un de ta descendance sera là sous
cet arbre, à humer la douceur. Ce petit-fils, cet
arrière-petit-cousin, cette arrière-arrière-petite-
nièce, qui que ce soit, il ne pensera plus à ses décep-
tions. Au contraire, il se sentira accueilli dans une
plénitude, sous l'arbre muet la nuit. Alors il se dira :
« D'où me vient tout cet amour ? »

Telle est la vocation de ma mère sans jardin.

Ce fameux jour où son cerveau s'immobilise. C'est un matin, j'étais dans le quartier, je suis passée la voir. Elle m'accueille en silence. Ses yeux vides sont posés sur moi, subtilement doux. La peur que ça me fait. Je lui pose des questions auxquelles elle ne répond pas, peut-être aussi parce que je n'arrête pas de lui demander, dix fois, si ça va.

Même le bouquet de fleurs que je cours acheter en bas de chez elle n'arrive pas à la passionner. Même un « merci » ne traverse pas les lèvres pourtant entrouvertes de ma mère.

Moi, de terreur, je parle sans relâche.

Les banalités qu'on peut dire dans ces situations. Que j'ai rangé des factures et la sensation que ça procure. Que des amis se remarient. Que nous aurons du soleil à la fin de la semaine. Que c'est dommage qu'elle n'aime pas la nourriture asiatique, qui est délicieuse. Que c'est beau la couleur de son chandail. Que la vie a son importance.

Leila vient d'entrer dans l'appartement. Du menton, je lui désigne l'apathie inédite de ma mère. Elle, dont le métier est d'approcher les personnes âgées, elle se penche vers le fauteuil si calme, elle demande :

« Vous êtes là, madame Fontanel ?

— On dirait. »

Prononçant ces paroles, ma maman lève la tête vers moi. Évidemment qu'elle sait à quoi s'en tenir. Évidemment que ça la déprime, ces lumières qui s'éteignent dans son esprit, petit à petit, cette dernière torture avant l'éternité. Ses paupières, où palpitent je ne sais quelle paix bien trop mystérieuse, semblent attendre de moi un miracle.

Vraiment, je ne vois plus comment l'aider.

En la quittant, je passe la matinée à ruminer mon impuissance. Les coups de fil que je lui passe toutes les heures ne réussissent qu'à l'inquiéter davantage. En plus, je ne peux empêcher qu'ils soient des interrogatoires.

« Tu te souviens que je suis venue tout à l'heure ? »

Ou :

« Qu'as-tu mangé au petit déjeuner ? »

Ou :

« Tu reconnais ta maison ? »

Ou :

« À qui parles-tu en ce moment ? »

Au mieux, je suis un médecin pessimiste qui vérifie son diagnostic. Au pire, je suis une personne puérile qui demande encore, à l'âge adulte, ce qu'on lui refusera toujours : la présence absolue. Quelle naïveté ! Car enfin, d'où ferait-elle ressurgir ses acuités anciennes, ma pauvre maman diminuée ?

Vers 13 heures, quartier du Marais, j'entre dans une librairie. Pourquoi est-ce que je me dirige vers le rayon théâtre, où je ne vais jamais ? Pourquoi Molière, pas relu depuis l'université ? Pourquoi précisément *Le Misanthrope* ? Est-ce parce que c'est très peu cher, que ça m'attire ? Est-ce parce que Molière, c'est gai ? Parce que ça me change de la matinée plombée ? Est-ce parce que c'est vivant, tout simplement ?

Une fois dans la rue, dans ce Marais très loin du quartier de ma mère, à l'autre bout de Paris pour ainsi dire, j'ouvre *Le Misanthrope*. Dès les premiers mots : « Qu'est-ce donc, qu'avez-vous ? », je comprends ce qui m'a pris d'acheter ce texte. Je réalise, bon sang, jusqu'où va l'amour. J'appelle l'ami avec qui je dois déjeuner pour prévenir que j'ai une urgence, que j'annule notre rendez-vous.

« Un souci avec ta maman ? » il demande.

Car, quoi d'autre ? Quels autres empêchements aurai-je, quand je n'aurai plus celui-ci ?

Je traverse Paris embouteillé. Les nœuds de la circulation se défont à mon passage, un dieu m'aide à aller vers ma mère. Une place pour se garer juste devant son immeuble. Je monte à pied les quatre étages pour aller encore plus vite que l'ascenseur. J'ouvre la porte : ma mère devant son plateau de déjeuner intouché, Leila à ses côtés.

Et moi, essoufflée :

« — Qu'est-ce donc ? Qu'avez-vous ? »

Et ma mère, détournant la tête vers la fenêtre, dégoûtée :

« — Laissez-moi, je vous prie. »

Et moi :

« — Mais encore, dites-moi quelle bizarrerie... »

Et elle, en colère maintenant, tapant du plat de la main sur son plateau :

« — Laissez-moi là, vous dis-je, et courez vous cacher ! »

Et moi :

« — Mais on entend les gens, au moins, sans se fâcher. »

Leila tente : « Oui, madame Fontanel, ce n'est pas méchant ce que dit votre fille. Ce n'est pas la peine de se fâcher. »

Et ma mère :

« — Moi, je veux me fâcher, et ne veux point entendre ! »

Et moi :

« — Dans vos brusques chagrins je ne puis vous comprendre. Et quoique amis, enfin, je suis tout des premiers… »

« — Moi ? Votre ami ? Rayez cela de vos papiers. J'ai fait jusques ici profession de l'être, mais après ce qu'en vous je viens de voir paraître, je vous déclare net que je ne le suis plus et ne veux nulle place en des cœurs corrompus.

« — Je suis donc bien coupable, Alceste, à votre compte ? »

« — Allez, vous devriez mourir de pure honte, une telle action ne saurait s'excuser et tout homme d'honneur s'en doit scandaliser. Je vous vois accabler un homme de caresses, témoigner pour lui les dernières tendresses, et quand je vous demande, après, quel est cet homme, à peine pouvez-vous dire le nom dont il se nomme. Votre chaleur pour lui tombe en vous séparant, et vous me le traitez, à moi, d'indifférent. Morbleu, c'est une chose indigne, lâche, infâme, de s'abaisser ainsi jusque trahir son âme, et si par un malheur j'en avais fait autant, je m'irais de regret, pendre tout à l'instant. »

Elle s'arrête, éberluée de se souvenir. Elle nous regarde Leila et moi :

« J'ai rien perdu, c'est ça ? »

Le snack-bar s'appelle Le Bac à sable. Il est sur la plage de Trouville. Certes, dos à la mer, mais il ne viendrait à personne l'idée de s'en plaindre, car il est plein sud, exposition précieuse en Normandie. D'une année sur l'autre, ma mère oublie l'existence de cet endroit. À Paris, des semaines avant notre départ en vacances, je le lui décris en vain. « Si tu le dis... » elle me bougonne, sceptique.

Elle est habituée à ce qu'on essaie de l'embrouiller avec des leurres, comme par exemple l'allongement de l'espérance de vie, ou la saveur du Pulco. Et si Le Bac à sable était encore une des ces mystifications ?

Pourtant, à peine nous débarquons à Trouville, à l'instant où nous sommes sur les planches, elle dans sa chaise roulante et moi la poussant contre le vent, il suffit à ma mère d'apercevoir là-bas au loin la terrasse du Bac à sable pour le reconnaître aussitôt avec tout son corps, avec chaque capacité de jouissance de son corps.

Nous sommes connues, au Bac à sable. Car nous y vivons, en quelque sorte. Je me présente sur la terrasse encore vide à 11 heures le matin, amenant ma mère emmitouflée.

Même les jours de bourrasques, le snack est à l'abri du vent. Au pire, si c'est vraiment la tempête, la propriétaire défait des bâches transparentes qu'elle amarre à des poulies prises dans le ciment, et le vent ne peut plus rien contre nous. Nous sommes les premières clientes le matin, ma mère et moi, les deux plus grandes optimistes du coin, nos visages tournés vers le soleil ou vers là où il devrait être. C'est peu dire que nous l'appelons de nos vœux. Nous tâchons de le deviner à travers les nuages. Ma mère, les yeux fermés, fait ses incantations : « Soleil, soleil… », moi je compulse la météo sur mon téléphone. Je donnerais tant pour rassurer ma mère, apporter des certitudes scientifiques. Je me sens personnellement responsable si le ciel reste couvert. C'est mon échec, là-bas en mer vers Le Havre, la barre sombre qui nous menace. Je tourne sans cesse ma tête vers ce que je vois avancer vers nous.

Et tous les matins : « Qu'est-ce que tu regardes, ma fille ?

— C'est couvert, derrière. »

Je n'ai jamais su lui mentir.

« Raison de plus pour ne pas regarder », me dit-elle.

Un matin, elle ajoute : « Tu sais ce qui va se passer ? » Je n'ose plus lui répondre que je le vois de mes yeux, ça se prépare là-bas, au fond, vers Le Havre, l'Apocalypse.

Elle m'explique, comme pour régler cette question à jamais : « Moi, je sais ce qui va se passer : tout ce que tu imagines n'arrivera pas, et à la place arrivera autre chose que tu ne soupçonnes pas et qui te plaira beaucoup. » Elle ajoute mystérieusement : « Et ça vaut pour le reste. » Et elle ajoute encore, toujours les yeux fermés : « Soleil, soleil… »

Et soudain, au-dessus de nous, une trouée dans le ciel. Les rayons du soleil sur Le Bac à sable, les tables en un instant blanches, aveuglantes, nos cuillères en un instant étincelantes, et du bleu plein le ciel, c'est à n'y rien comprendre. Je me tourne

140

pour regarder vers Le Havre la barre sombre et menaçante, et tous les matins je constate qu'elle s'est éloignée sur la Manche, elle n'est plus qu'un trait dérisoire.

À présent, nous avons chaud. Ma mère, il faut lui retirer sa couverture, son grand châle, sa veste en mohair, sa capuche. Elle tend même un pied, elle veut aussi retirer les chaussures et ses chaussettes. Elle dit : « Sinon, je vais avoir des marques. »

Elle veut du Bergasol.

C'est bien sûr l'heure d'un petit verre de rosé. Elle est si belle, cette femme, les vêtements ouverts autour d'elle sont des pétales. Le visage plus que radieux, victorieux. J'attrape mon téléphone pour prendre une photo. Au lieu de grimacer de dégoût et de rouspéter qu'elle n'est pas photogénique, elle lève son verre en s'écriant : « Allez, on immortalise ! »

Elle s'est cassé le bras en voulant allumer le radiateur électrique. Elle avait oublié qu'il avait des roulettes, elle a pris appui dessus. On l'a retrouvée le radiateur sur elle, elle le tenait dans ses bras en nous attendant, telle une accordéoniste.

Il a fallu l'opérer. Quatre-vingt-sept ans.

Et maintenant, Hôpital Georges-Pompidou, front de Seine. Sa chambre est plein sud, grande baie vitrée, vue dégagée avec, au loin, les habitations mystérieuses, ultramodernes. Dans la chambre, ma mère immobilisée. Quand on entre dans la pièce, de son bras droit, plâtré en arc de cercle, énorme, ma mère semble indiquer avec emphase l'exceptionnel panorama.

C'est le lendemain de l'opération, le venin de l'anesthésie court encore dans son fragile métabolisme. Elle ne sait ni où elle est, ni qu'elle possède, par ailleurs, un endroit à elle. Pourtant, elle me reconnaît. Au lieu du cri joyeux « Ma fille ! », elle prononce mon prénom, « Oh Sophie… », en faisant retomber lourdement sa tête sur son oreiller saumon, pour exprimer sa désolation. Sans doute que moi seule peux comprendre, et en effet je comprends. On lui a posé là, à quelques centimètres du nez, un plateau contenant de quoi nourrir une famille entière. Grosse escalope panée, joufflue, bombée dans une prétention crétine, et poireaux en quantité dans leur béchamel. Plus loin, il y a la salade d'endives, le fromage, la compote, la salade de fruits, le yaourt, le pain, denrées que ma mère ne peut pas voir, car l'escalope lui masque le reste des aliments. Je demande depuis combien de temps elle a cette nourriture, intouchée, devant elle : « Des lustres », elle dit.

Rien ne la tente. J'essaie de valoriser la salade d'endives, le yaourt sans doute succulent. Elle ironise : « Mange, toi, si ça te tente. »

La fille de salle vient retirer le plateau, elle gronde ma mère : « Ça fait une heure qu'on vous a servi, madame. »

Ma mère, sublime sourire.

« Vous voulez pas guérir ? demande la fille. Parce que si vous voulez guérir, il faut manger, sinon faut pas vous étonner après si le bon Dieu arrive à vous prendre. »

Sourcils froncés de ma mère, qui n'aime pas beaucoup ce discours.

La fille : « Tout le monde mange. Je pourrais pas travailler, moi, si je mangeais pas.

— Vous êtes gentille, dit ma mère.

— C'est pas bon la nourriture de l'hôpital, madame ? Il y a des gens qui ont préparé cette nourriture, et vous, vous la mangez pas. Alors à quoi ça sert que des gens vous préparent de la nourriture ? Moi je vous dis ça, c'est pas mon problème, madame, vous mangez, vous mangez pas, moi ça change rien pour moi, mais c'est pour vous. Si vous voulez vivre. »

Et la fille me prend à témoin : « Vous voyez, elle a rien mangé. C'est pas triste ? »

Je propose qu'on retire le plateau si peu appétissant, et de juste garder le yaourt et la salade de fruits.

En me levant pour aider la fille de salle, une évidence me saute aux yeux :

« Juste pour savoir, mademoiselle : en admettant que ma mère ait eu faim, comment aurait-elle fait pour couper sa viande, avec seulement un bras valide ? Et pour ouvrir un yaourt ? »

La malheureuse employée reste perdue devant l'absurdité des faits. Plus elle semble y réfléchir, plus elle nous fixe, moi, le plateau et ma mère, comme si nous nous étions ligués à lui poser une question éliminatoire. Elle sort en haussant les épaules. Dans le couloir, je l'entends rire de gêne.

Je me tourne vers ma mère : « Tu te rends compte, ils te donnent un plateau saturé de nourriture, et ils ne te coupent rien, ils n'ouvrent rien pour te faciliter les choses. C'est aberrant. Et en prime, elle te fait la morale... »

Ma mère récapitule : « J'avais à manger, mais je ne pouvais pas le manger. » Et moi : « Mais oui, c'est exactement ça !

— Bah, on peut pas tout avoir. »

Enfant, pendant une dictée, pour faire entrer dans ma tête que Noël s'écrivait plus volontiers avec un tréma qu'avec un accent circonflexe, ma mère me disait : « C'est facile, Noël a les boules. » Elle parlait sans doute de celles qu'amoureusement elle plaçait sur le sapin, moi agenouillée près d'elle et à peine autorisée à l'aider dans cette activité magique.

J'ai déjà décrit dans ce livre le désespoir qui étreint le vieillard au moment de Noël, son manque de pouvoir concentré sur cette période.

Et me revoici un 24 décembre dans un centre de soins de suite à Paris. Revoici le sapin à l'accueil, les guirlandes chiches accrochées aux néons, les flocons géants découpés dans du papier Albal, les bonnets rouges et blancs sur les aides-soignants, la bonté de ces gens dont c'est le jour de garde, qui vont manger des sandwiches au surimi en tâchant d'endiguer la détresse des patients.

Ma mère est de nouveau dans une mauvaise passe. Si moi je pense que ça n'en finira donc jamais, elle a, elle, des pensées bien plus ambivalentes, partagée entre sa lucidité (elle sait que ça va finir, que ça se rapproche) et son découragement (au cas où ça continuerait malgré tout, elle ne sait pas dans quelles conditions).

Ma visite, comme tant d'autres effectuées à d'autres Noëls, dans d'autres centres, ne l'aide en rien, sinon à exprimer son infinie tristesse. Autrefois elle restait mutique, hostile, là elle m'explique d'une voix enrouée qu'elle vieillit, et qu'elle ne voit plus trop à quoi ça rime. J'évoque les joies qu'elle peut encore avoir, les vacances que nous prendrons, Le Bac à sable et les éclaircies, ses petits-enfants, la couleur jaune paille qu'elle adore, sa maison.

Elle, pour toute réponse : « Si on veut… »

Une infirmière entre dans la chambre. Elle va faire une piqûre à ma mère, la préparer pour la nuit, et me demande d'attendre dans le couloir quelques instants. Dehors, c'est désert, j'entrevois des patients par les portes de leurs chambres que, à leur demande, on laisse grandes ouvertes. Les cheveux défaits de ces sursitaires, ici même les hommes ont les cheveux longs, même aux chauves quelque chose pousse encore dans la nuque. Je fixe les guirlandes, sans succès, mon regard sans cesse revient vers les humains. Ça me fait penser encore plus fort à ma mère. Oh, s'il me venait une idée pour sauver au moins celle ici qui m'appartient. Je me mets à penser à la fois où je l'avais trouvée frigorifiée, je ne sais plus dans quel établissement. J'avais pris ses mains dans les miennes et je les avais chauffées jusqu'à la ressusciter. Mais le temps a passé. Aujourd'hui, est-ce que ma chaleur suffirait ? Est-ce que la vérité, aujourd'hui, ce n'est pas que ma mère va vieillir et puis qu'elle va partir ? Quel affreux discernement me prend dans ce couloir. Je comprends alors que, même en étant femme, je ne peux certes pas donner la vie de cette façon-là, je veux dire en redonnant vie à ma mère. En quelques secondes, moi venue soutenir le moral d'une vieille femme alitée, je me retrouve avec le cœur plombé des incompétents. Il me semble que je n'ai jamais été aussi désespérée. Et mon destin m'apparaît : ma mère, bientôt, me laissera seule. Que ferai-je sans elle ? Sans doute, je me tuerai. J'ai dit que je grandissais mais je me tuerai. Je n'aurai plus personne à qui tenir. Et voici que je mélange mes malheurs. Voici que je pense à un homme que j'ai aimé, que peut-être j'aime encore, si on peut nommer tel un sentiment vidé de la moindre parcelle d'espoir. Et il faut que dans ce couloir, où déjà l'ambiance est sinistre, où il n'y a pas vraiment besoin d'en rajouter si on va chercher par là, je me mette à ruminer notre catastrophe à cet homme adoré et à moi. Ça me brise d'évaluer notre gâchis. Maintenant j'en suis à me persuader que si moi j'étais dans un lit d'hôpital un soir de Noël, peut-être cet homme ne viendrait pas me visiter. Pour la première fois dans cette histoire d'amour, je tombe dans le trou de la défaite.

L'atrocité du couloir. Qu'on me tire de là.

Il me semble que j'appelle au secours. Dans un reste de politesse, j'ai même peur qu'on m'entende. Je répugne à salir le Noël des autres.

« Au secours ! Au secours ! »

Non, ce n'était pas moi, en fait, c'est une patiente. Je me souviens d'elle, je reconnais sa voix. Elle est dans la chambre 7. Une chevelue aux yeux fixes, toujours les sourcils froncés vers je ne sais quel effort de compréhension. On lui met une ceinture de sécurité, parfois, pour la maintenir sur son fauteuil, sans cela elle entre dans les chambres et fiche la pagaille. Hier, elle a débranché la sonde d'une malade.

« Au secours ! Au secours ! Que quelqu'un vienne me dire que je suis encore en vie… »

Il y a des choses inracontables.

J'entends que la plainte de cette femme est celle de mon cœur. Du fond de ses troubles, cette pythie ose exprimer notre solitude à tous.

Je lui ai acheté une robe pour illuminer sa chambre dans le centre de rééducation. Une blanche en coton, avec les 10 % de cachemire qui me permettent de bluffer le centre entier, les infirmières et les aides-soignants s'extasiant avec moi tandis que ma mère ouvre maladroitement son paquet. Le col de la robe est rond et loin du cou comme elle aime. Il y a une cordelette pour serrer ou desserrer à volonté ce décolleté. Aux extrémités de la cordelette, deux pompons au crochet. Moi, je trouve qu'on dirait les testicules d'un nourrisson et ils sont pour moi le bémol de cette jolie robe. Je préviens que, le cas échéant, on peut couper ces pompons. « Où ça, des pompons ? » elle demande, en caressant la robe. Je les lui montre. Elle les soupèse. Elle décide : « Faut les laisser si ça a été pensé comme ça. » Je fais remarquer qu'ils prennent beaucoup de place, que ça va l'agacer d'avoir ces pompons tout le temps devant elle. « On verra », elle dit.

Le lendemain, je passe la voir. Elle est couchée, elle somnole. Elle porte la robe. Les pompons grotesques sont disposés de part et d'autre de son visage. Elle se réveille : « On est où, déjà ?

— Sainte-Périne.

— Ah oui. Et on est là pour quoi ?

— Tu as le bras cassé.

— Ah oui. »

148

Elle regarde sa manche : « J'ai mis la nouvelle robe ! »

Je l'aide à se redresser dans son lit. Ça me prend dix minutes car il faut d'abord, en appuyant sur des manettes, mettre le lit complètement à plat, ôter les oreillers, attraper ma mère aux épaules, lui demander de plier les jambes, lui demander, avec son bras valide, de se tenir à la potence au-dessus d'elle (seigneur, le nom de ces choses !), et ensuite la prendre aux épaules et la remonter un peu, en la faisant glisser sur son matelas. Après, il ne reste plus qu'à recaler les oreillers et remettre le lit en position assise.

Une fois effectuées ces manipulations, les pompons consentent à pendre. On pourrait partiellement les oublier si je ne notais qu'ils ne sont plus très propres. Selon ma mère, ils ont effleuré à midi sa crème caramel. « Il faut que je les coupe, maman. » Et elle : « Couper quoi ?

— Les pompons.

— Mais pourquoi tu veux couper ces pompons, voyons ?

— Ça se salit vite.

— Et ?

— Et puis ça n'est pas pratique. »

Elle y réfléchit. Et résout : « Tu ne coupes rien.

— Mais maman… »

Elle lève une main de proconsul : « C'est ma garniture. »

Ses yeux se ferment, elle a réglé la question.

Comble de cette visite : un moucheron me passe devant, sans se presser, aussi lent qu'un patient d'ici. Le jugeant facile à exterminer, j'essaie de l'attraper. Mais, si empoté qu'il soit, le moucheron m'échappe. « Qu'est-ce que tu fais ? demande ma mère, de nouveau les yeux ouverts.

— J'essaie de tuer un moucheron.

— Oh non, ne la tue pas, cette pauvre bête… »

Elle qui détestait les animaux. Combien d'années ai-je quémandé un chat ? Et le jour où elle avait consenti, elle y avait mis tant de condition, qu'il fallait que ce chat soit blanc cassé, qu'il fallait que ce chat ait des yeux d'ambre, une tête ronde, des oreilles roses, rien de noir non plus dans les coussinets, bref tant de contraintes, que nous avions mis trois ans à trouver l'animal.

Quant aux mouches, elles la dégoûtaient.

« Alors, maman, si je te suis, on ne détruit rien ? Ni les pompons, ni les moucherons ? »

Il est dit que dans cette chambre où ma mère est aujourd'hui recluse, elle aussi continuera de grandir.

« J'ai compris qu'ici il faut détruire au minimum, ma fille. »

Nous sommes au bois de Boulogne, près du grand lac. On étudie la ruse des corneilles. Mais très vite, c'est moi toute seule l'ornithologue, ma mère, elle, est repartie dans ses absences. Désormais, elle somnole même quand je suis là. Comme je lui en fais la remarque, elle me rappelle que rien ne va plus dans sa tête. Et nous avons cet échange :

« Maman, tu te souviens de certaines choses, quand même.

— Pas sûr.

— Moi je suis sûre que tu te souviens. C'est juste pas rangé à l'endroit habituel.

— Si tu le dis.

— Je crois que tout est là, en toi.

— Bof.

— Par exemple, les choses anciennes.

— C'est fou ce que tu aimes parler.

— Les choses anciennes. Tu te souviens, par exemple, de l'école où j'allais ?

— Non.

— Rue des Bauches.

— T'écris ça comment ?

— Des Bauches.

— En deux mots ?

— Oui.

— C'est pas rigolo.

— Tu venais rue des Bauches à la sortie de l'école et tu brandissais mon goûter, le bras levé.

— Ah bon, moi j'ai fait ça ?

— Oui. Et on allait au jardin, ici dans le bois de Boulogne.

— Ah bon.

— Tu te souviens du square ?

— Un square en particulier ?

— Celui où on allait, maman.

— Non.

— Tu te souviens que j'étais bonne élève ?

— On en parlait ?

— Oui, on en parlait, j'avais de bonnes notes.

— J'ai oublié, je suis désolée.

— Tu te souviens des vacances à Sainte-Maxime ? Moi j'allais en boîte de nuit et toi tu m'attendais jusqu'à l'aube, sur la terrasse.

— Oh ?

— Tu te souviens que tu m'obligeais à vous rejoindre à la plage, tous les matins à 10 heures, même si je n'avais dormi que deux heures ?

— Y a des mères qui font ça ?

— Oui.

— Ah bon, alors je l'ai peut-être fait.

— Tu te souviens, tu ne voulais pas que je prenne la pilule parce que j'avais quatorze ans.

— Je t'en prie.

— Tu ne t'en souviens pas ?

— Ben non.

— Tu te souviens de quand j'ai quitté la maison.

— Non.

— Je partais pour un Argentin, plus vieux que moi.

— Oh ?

— Tu ne l'aimais pas.

— Pourquoi ?

— Il prenait ta fille.

— J'ai complètement oublié, ma pauvre.

— Tu te souviens de rien ?

— De rien. C'est ça le souci.

— Mais dis-moi, maman, alors tu ne te souviens pas que je suis mariée à Robert Redford ?

— Ahhhhhhaaaaahhhh ! Ah toi mariée, ah c'que c'est drôle ! ! ! ! ! ! Ma fille ! Avec son caractère ! Mariée ! À Robert Redford ! »

Elle ne peut plus s'arrêter de rire, ça fait s'envoler toutes les corneilles. Et moi aussi, contaminée, j'en pleure de rire.

C'est un grand événement : je me présente chez elle un homme à mon bras. J'aimerais dire que cet acte, je le fais à l'improviste, mais chaque visite est une surprise pour elle depuis des années, du fait de sa mémoire vacillante.

Depuis son fauteuil, à peine la porte ouverte, elle détecte la présence masculine. Elle penche la tête. Je ne sais pas si c'est à moi qu'elle sourit, d'être enfin venue avec quelqu'un, ou si c'est à lui qui s'avance, immense, vers elle. Une coquetterie nouvelle passe sur le visage de ma mère, et je constate qu'elle doit soudain se remettre en ordre, cherche des yeux son rouge à lèvres, et pose la main à plat dessus, comme si, discrètement, elle allait bien trouver moyen de s'en mettre. Ses doigts ne tremblent pas quand elle replace ses cheveux derrière ses oreilles, quand elle lisse ses sourcils. Son alliance scintille ou c'est moi qui rêve ?

Je présente l'homme. Il a un prénom si splendide que ma mère précise aussitôt, pour ne pas être de reste : « Moi, c'est Knar. Ça veut dire "la lyre" en arménien.

— C'est une merveilleuse façon de s'appeler, madame. »

Les voici qui sont semblables, une élite des prénoms. Et moi, juste Sophie, je m'assois en retrait.

« C'est fort aimable de votre part d'être venu jusqu'à moi, une très vieille dame.

— C'est tout simplement délicieux de vous rencontrer, Knar. »

Et puis, il apparaît qu'ils en ont assez dit. Ils se taisent, réunis. Moi je suis au milieu de ce silence, m'efforçant, en me levant pour aller faire le thé, en arrangeant les rideaux, de faire le lien, non pas entre eux, mais entre moi et eux.

De temps en temps, elle me désigne : « Ma fille. »

Et lui, il dit : « Vous avez de la chance. »

Et ma mère : « On est chanceux dans la famille. La preuve, vous êtes là.

— Oh, comme c'est gentil ce que vous dites. »

Ils ne touchent au thé ni l'un ni l'autre, moi je bois en les regardant.

« Vous êtes très beau, monsieur.

— Vous aussi, vous êtes très belle.

— Oh, moi… je suis devenue belle avec le temps. À cause de la vérité.

— C'est splendide, cette phrase.

— Ma fille est écrivain.

— Votre fille aussi est très belle.

— Elle l'est devenue.

— À cause de la vérité ?

— Non, à cause de l'imagination. Elle sait tout créer.

— Je sais.

— Quel âge avez-vous, monsieur ?

— J'ai soixante-cinq ans.

— Dites donc, ça fait lourd.

— J'en ai bien conscience.

— Faudrait pas que ma fille, après moi, elle se trouve un autre vieux à aimer. Sinon, ça commencerait à être du masochisme.

— Je vais arrêter de vieillir.

— J'aime mieux ça.

— Vous êtes magnifique.

— Vous aussi, vous êtes magnifique, et par chance vous êtes un homme. »

Et ainsi de suite, et moi tassée dans le canapé je les écoute et je les dévore et je les bois et je les aime. Je trouve qu'ils vont bien ensemble. Et même, en les examinant, je vois que ça va plus loin encore. Hormis sa haute stature à lui, je réalise qu'ils se ressemblent en tous points. Les mêmes cheveux parfaitement blancs, la même nature de cheveux épaisse, souple et soyeuse, une crinière, la même coiffure avec la raie sur le côté, la même mèche qui retombe, les mêmes mèches libres dans la nuque, le même regard clair même si chez lui c'est slave et ciel et chez elle juste caramel, délavé par les années, le même nez busqué, fin, les mêmes rides autour des yeux, le même sourire en permanence esquissé, la même élégance, la même douceur. Au doigt, la même alliance. Et le même humour.

J'attends quarante-neuf ans pour présenter un homme à ma mère, et le jour où je le fais, c'est son double que je lui propose.

Seigneur, jusqu'où va mon amour...

Un soir, la voix de mon frère au téléphone. Moi je sors du centre de soins de suite, lui il rentre du travail. Il échappe comme il peut aux visites quotidiennes, ou du moins fréquentes, qu'il lui faudrait rendre à sa mère. Il y a trois semaines, c'étaient les vacances scolaires, il devait s'occuper de ses enfants. Il y a quinze jours, il avait un virus, il ne pouvait risquer d'aller contaminer le centre de soins de suite. La semaine dernière, il sortait exténué du travail, il n'avait pas le courage. Et cette semaine, il a un sale rhume. Je lui rapporte que j'ai vu le médecin, les pertes de mémoire de notre mère progressent, des tests ont été effectués. Mais il y a, et il y aura encore longtemps, tant qu'elle vivra, des moments de totale clarté.

À ces nouvelles, mon frère me dit : « Espérons que, dans ces moments de clarté, avant de perdre totalement la mémoire, elle se souvienne de qui est mon père... »

Je rappelle à mon frère que nous avons cette réponse. Du moins pour ce que ma mère en sait.

Ma mère aimait un homme, il s'appelait Marcel Vincent. Cet homme, un jour, la quitte. De dépit, ma mère se donne au premier bel homme venu, un Serbe de la Cité Universitaire qui s'appelait Markovitch. Et puis la voici enceinte, en 1952, en France, célibataire, sans indépendance, et en plus dans une famille arménienne. Elle va voir ce Marcel Vincent. Il écoute avec la gentillesse qu'on a pour ceux à qui on est désespéré d'avoir fait du mal. Il annonce qu'il ne peut pas épouser ma mère, il en aime une autre. S'il est le père d'un enfant, bien sûr il le reconnaîtra. Ma mère avoue qu'honnêtement, elle ne peut jurer que cet enfant est de lui, Marcel. Marcel Vincent ne sait pas quoi dire. Ma mère va alors trouver l'autre père possible, le dénommé Markovitch. Lui, parce qu'il est très beau et qu'il connaît peu cette femme enceinte, il déclare d'emblée : « Qu'est-ce qui prouve que je suis le père ? » « Rien », elle répond. Ensuite, elle parle à ses parents. Elle prévient que sur le nom du père, elle ne pourra que garder le silence. L'enfant naît dans une clinique de la rue d'Alésia, à Paris. Elle l'appelle « Marc », car ce « Marc » est présent à la fois dans « Marcel » et « Markovitch ». Elle se convainc qu'ainsi, elle accorde une paternité à son fils. Très vite, dès les premières semaines, il apparaît que l'enfant est plus que blond, il a les cheveux blancs d'un Nordique, et ses yeux d'huîtres ne sont pas des yeux classiques de nouveau-nés, ils sont bleu ciel. L'enfant en aucun cas ne ressemble à Marcel Vincent qui était catalan, l'enfant en tous points ressemble à l'homme appelé Markovitch. Elle va à la Cité Universitaire pour informer cet homme qu'elle connaît enfin la vérité. Il n'y a plus de Markovitch, on ne sait pas où le joindre, il n'était pas un pensionnaire officiel, il venait ici pour faire la plonge, on le logeait pour le dépanner, il a disparu dans la nature. L'homme envolé, ma mère referme des ailes sur l'origine de son fils. Elle ne dira jamais rien à personne, ni à ses parents, ni à ses sœurs, ni à ses amies proches, ni à l'homme qui pourtant, deux ans plus tard, tombant amoureux d'elle, l'épousera et reconnaîtra l'enfant, ni même à ce fils qui apprendra, à seize ans, par une indiscrétion d'un tiers, le mystère de ses origines. Alors, moi au téléphone devant le centre de soins de suite, je re-raconte ces choses à mon frère. Mais, ma voix, ne compte pas. C'est l'autre voix qu'il voudrait entendre encore une fois, encore et encore, pour l'éternité, celle de sa mère.

Je voudrais convaincre mon frère adulé : la plus importante chose que la personne âgée nous apprenne, c'est le silence.

D'ailleurs, n'a-t-elle pas une fois tenté une saillie allant dans ce sens ? Nous étions là, au pied de son lit, en train de demander avec insistance si son moral était bon. Elle ne répondait pas. Nous, on posait la question de vingt manières différentes, espérant, si on trouvait « le bon angle », qu'elle nous dirait enfin ce qu'elle ressentait. À bout d'idées, j'avais fini par tenter un : « Tu veux retourner chez toi comme avant, c'est ça ? »

Et mon frère : « Oui, dis-le, si c'est le cas. »

À voix neutre, dans une sorte de prolongation de son silence, elle avait répondu d'un coup à l'ensemble de nos questions : « Si vous le savez, pourquoi vous le demandez ? »

9908

Composition
NORD COMPO

Achevé d'imprimer en Espagne
par BLACKPRINT CPI
le 9 avril 2012.
Dépôt légal avril 2012.
EAN 9782290035184

ÉDITIONS J'AI LU
87, quai Panhard-et-Levassor, 75013 Paris

Diffusion France et étranger : Flammarion